Julya Rabinowich

Hinter Glas

JULYA RABINOWICH

HINTER GLAS

Carl Hanser Verlag

HANSER hey! Schau vorbei und
teile dein Leseglück auf Instagram

1. Auflage 2019

ISBN 978-3-446-26218-8

Umschlag: Susann Hoffmann
Satz im Verlag
Druck und Bindung: GGP Media GmbH, Pößneck
Printed in Germany

MIX
Papier aus verantwortungsvollen Quellen
FSC® C014496

Für Bernadette

Mein Name ist Alice. Den Namen hat meine Mutter ausgesucht, wegen der Alice hinter den Spiegeln. Bekannter ist sie eigentlich aus *Alice im Wunderland*. Meine Mutter konnte nicht wissen, wie richtig sie damit lag. Ich hab mich auch in einer anderen Welt verlaufen. Manchmal war ich ganz klein, und manchmal war ich ganz groß. Manchmal fürchtete ich, in einem Meer aus meinen Tränen zu ertrinken. Aber ich habe es geschafft. Ich bin zurückgekommen und viel weiter gegangen, als ich es mir hätte träumen lassen, und ohne Dea wäre das Ganze womöglich anders ausgegangen. Dea war besser als jede Grinsekatze.

PROLOG

Als Erstes sehe ich dieses Stückchen Stoff. Es ragt aus dem Wühlkarton heraus. Der Karton ist überfüllt, nein, vollgestopft, unten ist er schon ein wenig aufgeweicht und neigt sich auf die Seite. Es hat vor Kurzem geregnet, der Asphalt ist feucht. Es sind kaum noch Menschen da, die auf dem Flohmarkt etwas suchen oder verkaufen wollen, die meisten hat der unerwartete Wolkenbruch vertrieben. Ich habe den Regenguss in einem kleinen Café um die Ecke abgewartet, habe mit dem Gedanken gespielt, mir einen Kaffee zu bestellen. Ich mag keinen Kaffee, aber ich möchte mich erwachsen fühlen. Ich habe mir vorgenommen, erwachsen zu sein, stark.

Ich bin gerade erst umgezogen. Die neue Wohnung ist ungewohnt. Die neue Gegend auch. Mein neues Zimmer, das noch so unbewohnt und kahl wirkt, soll mit neuen Dingen befüllt werden. Ein neues Zuhause werden. Es ist klein. Viel kleiner als das davor. Aber es ist okay für mich. Einen runden hübschen Spiegel habe ich schon erworben, bevor der Wolkenbruch losging. Und ein paar geblümte Tassen. Vielleicht, denke ich, vielleicht noch eine bunte Tagesdecke fürs Bett. Der Stoff, der da aus dem Karton herausragt, könnte so eine sein.

Irgendetwas daran kommt mir vertraut vor. Das Stückchen Stoff hängt heraus wie eine Zunge, die bei Comicfiguren immer seitwärts aus dem Mund hängt, wenn sie gerade geschlagen werden oder verliebt sind. Dieses Zungenherausgehänge ist immer gleich – schräg auf die Seite. Ob die Figur nun glücklich ist oder gerade misshandelt wird, verraten meistens nur die Augen. Und ja, natürlich auch manchmal der Gesichtsausdruck. Mundwinkel rauf. Mundwinkel runter. Ich denke an diesen Gesichtsausdruck, frage mich, ob ich wohl so aussah, damals.

Ich greife nach dem Stück Stoff, ziehe daran. Die Sachen, die darübergehäuft sind, wiegen schwer. Ich muss mit aller Kraft zerren. Die Kiste neigt sich. Ich ziehe nochmals mit einem Ruck, ein zerknülltes Hemd fällt dabei hinunter, und halte schließlich das Objekt in den Händen: eine Stoffmütze mit buntem Muster. Die Zunge ist ein Mützenschirm, abgegriffen und ganz weich. Er würde mir schlaff ins Gesicht und über die Augen fallen, wenn ich die Mütze jetzt aufsetzen würde, so wie damals.

Ich drehe das Stückchen Stoff in den Händen, wende es: Es ist tatsächlich exakt diese Mütze.

Meine Mütze. Nikos Mütze. Mit schwarzem Filzstift steht innen mein Name. *Für Alice*, hat Niko hineingeschrieben. Und einen kleinen Menschen dazugemalt, mit langen, abstehenden Wellenlinien als Haare. Eine Strichmännchen-Medusa. Er konnte gut zeichnen, immer schon, mit wenigen Strichen eine ganze Welt sichtbar machen. Daneben mein Name. Und ein Herz darüber.

In dem Moment, in dem mir klar wird, dass es keine Täuschung ist, dass es genau diese Mütze ist, schießt mir neben der Erinnerung an sein Gesicht, an graublaue Augen und sonnengebräunte Haut auch der Geschmack von Blut im Mund ein. Der Geschmack überlagert alles – den Flohmarkt, das helle Sonnenlicht des noch sommerlich warmen Septembertages, die Straße, die Stimmen der Passanten. Das alles rückt so plötzlich weg, als ob eine riesige Hand im Puppentheater die Kulisse weggezogen hätte.

Das Leben verschiebt sich manchmal wie eine Kulisse, und man kann gar nichts dagegen tun, als mitzugehen in die neue Wirklichkeit, die die nächste Kulisse bietet.

Ich stehe wieder dort: in dem kleinen stickigen Zimmer. Alter Parkettboden, abgeschlagene Wände. Ich stehe dort und halte die Hand an den Mund. Der Schmerz bricht nicht ganz in mein Bewusstsein ein, er schwebt irgendwo hinter mir. Der Schmerz und mein Körper sind nicht deckungsgleich, nicht ganz übereinander – ich stehe neben dem Schmerz und der Schmerz neben mir. Die Hand, die ich auf die Lippen drücke, ist feucht. Und auf dem Parkett glänzen Blutstropfen. Mein Haar ist noch mitten im Schwung, gleich wird es ins Gesicht zurückfallen und einen grünen Schleier legen zwischen mich und dieses Zimmer. Ich höre ihn immer noch schreien, aus der Ferne.

»Du blöde Kuh«, brüllt er. »Du blöde Kuh! Ich wollte das nicht, du hast mich dazu gebracht!«

Er klingt nicht böse. Er klingt verzweifelt, aber das nützt weder mir noch ihm. Ich lasse das Haar zu Ende schwingen, wische das Blut aus meinem Gesicht und sage: »Das tust du niemals mehr wieder.«

Während ich spreche, spüre ich, dass ein Zahn locker sitzt und den Bewegungen der Zunge folgt. »Niemals wieder, hörst du?«

Meine Finger zittern, die Mütze fällt mir aus den Händen und auf die feuchte Straße. Bevor ich mich bücken kann, greift jemand anderes danach.

Ich kenne die Form dieser Hände. Unzählige Male habe ich sie gestreichelt, einige wenige Male gekratzt und versucht, sie von mir wegzudrücken. Wir sehen uns an.

Er hat immer noch langes Haar. Strähnen, die ihm ins Gesicht fallen. Er ist noch schlanker geworden. Die Wangenknochen stehen stärker hervor. Früher fand ich, dass er das schönste Gesicht von allen hatte. Trotz der gebrochenen Nase. Fahrradunfall in der Jugend. Ich fand sogar diesen kleinen Buckel auf seinem Nasenrücken schön, wie alles an ihm.

Er hebt die Mütze auf und sieht mich erst, als er sich wieder aufgerichtet hat. Bei ihm dauert es länger. Bis er mich erkennt. Meine Pupillen haben sich längst normalisiert, während seine sich noch immer weiten. Wir stehen reglos. Er hält immer noch das Stückchen Stoff fest, das mich angelockt hat, wie ein passender Köder bestimmte Fische anlockt.

Sein Adamsapfel springt einmal rauf und runter. In mir liefern sich der Impuls, schützend die Hand vors Gesicht zu halten, und der Impuls, ihm um den Hals zu fallen, einen wilden Zweikampf. Ich entscheide mich fürs Nichtstun. Er lächelt. Sein Lächeln ist schief auf die Seite verzogen. Er räuspert sich.

Ich will auch gerne lächeln. Doch die Lippen gehorchen mir nicht.

Er sagt: »Darf ich dir was schenken?«

Ich finde das lächerlich. Ich habe so viel, er noch weniger als zuvor.

Er streckt mir die Mütze entgegen.

Ich schüttele den Kopf. Der Spiegel rutscht mir aus der Umhängetasche und zerschellt in tausend silbern glänzende Scherben auf dem Asphalt.

* * *

Ich knie mich hin und versuche, die Scherbenstücke zu ordnen. So wie mein ganzes Leben. Diesmal kommt mir niemand zu Hilfe. Ich muss es allein schaffen. Wie konnte es nur so weit kommen? Das frage ich mich. Oft. Die Häufigkeit dieser Frage hat die Antwort nicht leichter gemacht. Denn jedes Mal war die Antwort eine andere, eine neue. Und jede dieser Antworten scheint endlich die richtige zu sein. Nur wenig später erwische ich mich aber trotzdem dabei, erneut die gleiche Frage zu stellen.

1. SPIEGELSCHERBE

FOLGE DEM WEISSEN KANINCHEN

Vielleicht muss man am Beginn anfangen. Dort, wo alles ins Rollen gekommen ist. Erst wie ein harmloses kleines Steinchen hoch oben auf einer kahlen Bergspitze. Und später wie eine ausgewachsene Scheißlawine.

Ja, Scheißlawine. So unromantisch kann man eine Urgewalt nur beschreiben, wenn man die Schnauze voll von der Liebe hat. Ja, ich habe die Schnauze voll von der Liebe. Aber das werde ich nicht an die große Glocke hängen. Sonst komm ich mir am Ende noch so bestürzend altklug vor. Ich bin immerhin noch nicht mal achtzehn. Da sollte man doch noch dieses Romeo-und-Julia-Ding anstreben, oder? Diese intensive Irrsinnigkeit, die dann beide komplett vernichtet zurücklässt. So à la *Die Leiden des jungen Werther*. Lässig sterben. Nicht irgendwie, sondern lässig. Das kann einem sehr cool vorkommen. Solange man ihm nicht tatsächlich nahe gekommen ist, diesem Abkratzen. Dann nämlich sieht die Sache ganz schnell ganz anders aus.

Wann ich Niko das erste Mal traf? Irgendwann im Laufe des zweiten Halbjahres.

Auf dem Weg zur Busstation hatte ich das Gefühl, nicht ganz wach zu sein. Als würde der Traum der vergangenen Nacht sich auf eigenartige Weise über mein Erwachen schieben, wie eine Wolke vor die Sonne – ein paar Strahlen brechen dann und wann durch, klar und hell, und der Rest ist verschleiert. Ich versuchte mich zu erinnern. Tiere kamen in diesem Traum vor. Nein. Nur ein Tier. Ein seltsames Tier, grau wie eine Nebelschwade, und auch genauso schwer zu greifen.

Im Bus starrte ich meine Füße an. Riemchensandalen, grün lackierte Zehennägel, an den Rändern schon etwas abgeblättert, weil ich zu faul war, es auszubessern. In der Spiegelung der Fensterscheibe sah ich nicht nur mein verschlafenes Gesicht, sondern auch Anna, eine Klassenkameradin. Wenn sie allein war, war nichts von ihr zu befürchten. Erst wenn Rosa dabei war. Ohne Rosa war Anna harmlos.

Wir stiegen aus. Anna traf ein paar Freunde. Ich traf niemanden. Glücklicherweise legten sie an Tempo zu und verschwanden bald um die Ecke. Ich ging langsam, ich wollte die Gruppe nicht einholen, und ich wollte auch nicht in zu geringem Abstand hinterhertrotten wie ein Hund. Das könnte sie noch auf Ideen bringen. Also schlich ich dahin, der Abstand zwischen mir und Anna wurde immer größer, und die Wahrscheinlichkeit, dass ich erst nach dem Läuten die Klasse betreten würde, auch. Die erste Stunde wurde glücklicherweise von einem sehr verständnisvollen Lehrer mit dem Namen Gerber bespielt, dessen Gutmütigkeit in seltener Einigkeit von allen ausgenutzt wurde. Er trug Bart, eine billige Brille und eine etwas merkwürdige Weste und war in Lichtgeschwindigkeit zur Lachnummer der ganzen Schule geworden – sogar anteilig des Lehrpersonals.

Als ich die Schule betrat, waren die Gänge bereits leer. Der Weg zu meiner Klasse führte durch die Aula, wo sämtliche Kunsterzeugnisse der ganzen Schule präsentiert wurden: mal schiefe Keramikfiguren, Fotografien oder bestickte Kissen. Diesmal also Bilder. Ich ging an der Ausstellung der Selbstporträts vorbei, die aus den Pinseln der Unterstufe stammten. Die meisten hatten große Ähnlichkeit mit Affengesichtern: geschmacklos kombinierte Farben, krumme Nasen und Münder. Haare, die aussahen wie Badeschwämme. Die Zeichenlehrerin musste wohl todesverachtend gewesen sein, das hier auszustellen.

Ich blieb vor der Klassentür kurz stehen und horchte hinein. Der Gutmütige dozierte über Philosophie. Im Hintergrund gediehen gedämpfte Unterhaltungen, die so überhaupt nichts mit Philosophie zu tun hatten. Ich konnte den Armen förmlich vor mir sehen, wie er seufzte und seine Finger ineinanderdrehte und sich räusperte, um die gnadenlose Geräuschkulisse zu übertönen. Am Tisch sitzend, den Oberkörper hin und her wiegend beim Sprechen – das machte er immer, wenn er besonders nervös war. Er tat mir leid. Ich kannte das. Ich seufzte. Holte tief Luft.

Immer war da diese Überwindung, mich der Klasse auszusetzen, die erst nach dem Unterricht in ihre einzelnen Bestandteile zerfiel. Einige meiner Mitschüler hatten gar nichts gegen mich, ließen mich sogar in Ruhe. Aber nicht, wenn sie geballt zusammengerottet waren.

Ich legte die Hand auf die Türklinke, aber bevor ich sie hinunterdrücken konnte, hörte ich Schritte. Jemand blieb direkt hinter mir stehen. Ich drehte mich um.

»Schaut echt übel aus.«

Ich dachte im ersten Augenblick, dass ich gemeint war, sah erschrocken an mir herunter, um festzustellen, was nicht stimmte. Eigentlich stimmte alles.

Ich kannte ihn nicht. Er war dünn, trug eine Jeans und ein rotes T-Shirt. Um den Hals ein türkiser Stein. Seine Nase war leicht schief, mit einem Buckel. Er lächelte, das wirkte sympathisch. Sehr weiße Zähne. Braun gebrannt, wie man es üblicherweise erst am Ende des

Sommers ist. Auf der Stirn schälte sich die Haut etwas. Von der Sonne aufgehelltes längeres Haar. Schöne Hände. Von Farbflecken übersät. Alles an ihm war verwegen. Als wäre er gerade dem angesagtesten Surfstrand entsprungen. Er war älter als ich, vermutlich schon achtzehn.

Ich sagte nichts. Und ließ die Klinke los.

Er zeigte hinter sich, auf die Wand mit den Schaukästen. »Schau dir diese Visagen an. Wer hat denen bloß das Zeichnen beibringen wollen?«

»Die Mahler.«

»Siehst du. Das kann man niemandem beibringen. Das wächst entweder von allein oder gar nicht.«

Ich starrte ihn an und fragte mich, was er hier wollte.

»Heißt die wirklich Maler? Wie Malen? Kein Scheiß?«

»Mit h. Nein, ich glaub, das ist Zufall.« Ich drehte mich wieder um. Die Unterhaltung war seltsam, alles war seltsam an diesem Tag.

»Willst du die Tür nicht aufmachen?«

Ich stand mauloffen da.

»Dann lass mich mal«, sagte er und drängte mich zur Seite. Ich konnte meine Hand gerade noch zurückziehen, bevor sich seine Finger um die Türklinke legten. »Das ist nämlich auch meine Klasse. Und wir sind beide sowieso zu spät.«

Was zum Teufel, dachte ich. Ich hatte ihn noch nie zuvor gesehen. Mit hundertprozentiger Sicherheit.

Die Tür ging auf, Sonnenlicht flutete aus dem hohen Glasfenster gegenüber und blendete mich. Unser Philosophielehrer saß wie ein vollendeter Märtyrer in diesem Glorienschein auf dem Lehrertisch. Die Hände tatsächlich ineinandergewunden, genau so, wie ich mir das vorgestellt hatte. Die ganze Klasse schaute auf. Ich hasste solche Momente wie die Pest.

»Hallo, Alice. Schön, dass du da bist.« Der Märtyrer erhob sich und kam mir entgegen. »Und wen hast du uns da mitgebracht?«

Nur raus aus dieser Situation, das war alles, an was ich denken konnte. »Keine Ahnung«, sagte ich und rettete mich auf meinen Platz, zweite Reihe beim Fenster.

Surferboy im roten T-Shirt grinste nur wenig verlegen, streckte die Hand aus und schüttelte den Lehrerarm, als wären sie bei einem Vorstellungsgespräch. Dann schob er sich vor den Lehrertisch und begutachtete die Klasse, als wäre die sein Publikum. Es war der totale Bühnenauftritt. Dramatische Pause inklusive. Alle glotzten.

Er wartete auf den Höhepunkt des Schweigens, dann sagte er: »Ich bin Niko. Komme gerade von einer Weltreise. Jetzt auf Gastspiel in diesem Theater!«

Die komplette Klasse hielt wie ein Mann den Atem an. Das war unglaublich. Die Stille wurde dröhnend.

Schließlich räusperte sich Herr Gerber. »Herzlich willkommen, Niko. Setz dich doch auf einen freien Platz.«

Und natürlich: Das war jener neben mir. War ja klar.

In der Pause verschwand ich, so schnell ich konnte. Bevor jemand einen Witz auf meine Kosten riss, wie üblich. Meine Tasche vom Tisch fegte, wie beiläufig. Oder mir einen Stoß versetzte. Ich flüchtete wie immer in den Garten und verkroch mich in einen der hintersten Winkel. Sie ließen mich in Ruhe. Es gab zu viel Ablenkung, um mich zu jagen. Die Mitschüler tuschelten im Gang. Über den Neuen. Über die Weltreise. Ich setzte mich an den Rand des Brunnens und hörte dem Wasser beim Plätschern zu.

* * *

Ich nehme die scharfkantige Scherbe des Spiegels, schiebe sie zurück zu den anderen, vorsichtig, um mich nicht zu schneiden. Mein Puzzle hat sich nur wenig vervollständigt, es fehlt noch so viel. So viel, das man braucht, um zu verstehen. Zum Beispiel, wie es wirklich begonnen hat. Mit uns. Mit mir und Niko.

2. SPIEGELSCHERBE

RUHE VOR DEM STURM

Ich kam ganz aufgewühlt heim. Irgendwas an diesem Neuen machte mich unruhig. Ich hoffte, diese Unruhe zu Hause loswerden zu können. Dabei wusste ich, dass ich noch nie irgendwas losgeworden war, in unserer hübschen Villa, die hinter Oleanderbüschen verborgen lag. Gepflegter tiefgrüner Rasen. Ordentlich geschnittene Hecke. Und eine Laube, von hellgelben Rosen umrankt. Dazu passend ein romantisch geschwungener Weg von der Gartentür bis zum Eingang. Für mich war das früher die gelbe Straße, der man folgen muss, um zum Zauberer von Oz zu kommen. Aber in der kleinen Villa wohnt kein Magiebegabter. Nur niedere Zauberkünstler. Vieles ist hier Schein. Und einiges nicht einmal eine Fata Morgana.

Ich schloss die Gartentür hinter mir. Warf prüfend einen Blick zu dem gewaltigen Gebäude, das hinter unserer Villa aufragte. Nicht ganz so groß wie ein Palazzo. Aber durchaus so protzig. Glücklicherweise stand keiner auf dem Balkon. Das Fenster zum Arbeitszimmer war geschlossen.

In einem der Nachbargärten bellte ein Hund. Unsere Gegend war reich an kleinen und mittelgroßen, in den Hundesalons des Vertrauens auf Vordermann getrimmten Hunden. Solche, die Glitzersteinchen am Halsband haben oder Mäntelchen mit Burberry-Muster.

Ich folgte dem gelben Weg zum Haus.

Meine Mutter lag auf der Chaiselongue im Wintergarten. Sie

trug eine große, dramatisch spitz zulaufende Sonnenbrille – dabei schien gar keine Sonne. Ich wusste, was das bedeutete. Ich ließ sie in Ruhe und schlich mich an den Oleanderbüschen vorbei zum kleinen Schwimmbecken mit den drei Liegen aus geöltem Holz, eine für jedes Familienmitglied: mich, meinen Vater, meine Mutter. Das Wasser war noch nicht eingelassen. Ich setzte mich an den Rand und ließ meine Beine hineinhängen. Die türkisen Kacheln und den Marmor hatte meine Mutter aus der Türkei kommen lassen. Sie hatte sich vorgestellt, dass die ganze Familie hier gemütliche Stunden verbringen würde. Es war bis jetzt selten dazu gekommen. Meistens lag sie nur allein da. Mit ihrem perfekt sitzenden schwarzen Badeanzug. Und mit Architekturzeitschriften, die sie leicht gelangweilt durchblätterte. Schöne hochwertige Fotos. Die Texte dazu las sie nicht. Die meiste Zeit über lagen die Hochglanzmagazine auf dem Wohnzimmertisch drapiert, wie zufällig aufgeschlagen und von meiner Mutter mit bedeutungsvollen Gesten gestreichelt, wenn Besuch kam. Und wenn man die Museen, das Sommerfestival und das Stadttheater mit großzügigen Spenden bedenkt, gibt es viel Besuch. Jeder möchte einmal an der Reihe sein, und es gibt viel zu sponsern.

Sie geht langsam durch den Garten, vorsichtig, als ob er voller Fallstricke und Gruben wäre. Dem Boden hier ist einfach nicht zu trauen. Besser, man setzt jeden Schritt bedacht. Sicher ist sicher. Dieser Garten, in dem sie gerne fröhliche, bunte Kinderfeste gefeiert hätte, früher, als ihr noch nicht klar war, dass hier außer der Familie und ausgesuchten Gästen niemand sonst Zutritt findet. Die ausgesuchten Gäste sind ihr immer noch fremd. Auch mit ihnen muss man vorsichtig sein. Es gibt zu viel zu verbergen. Zu viel, das nicht gesehen werden darf. Und die von den Eltern ausgewählten Spielkameraden sind schon lange weg. Sie sind zu groß geworden und suchen sich mittlerweile ihre Freunde selbst aus. Sie ist einsam und immer noch nicht groß genug, um hier auszubrechen. Sie soll Kind bleiben. Das wünscht sich die Mutter. Das duldet der Vater.

Ich habe sie so oft beobachtet, wie sie sich vorsichtig durch diesen Ort bewegt. Diese Vorsicht ist ihr angewachsen. Sie füllt sie aus. Macht sie still. Und manchmal auch ungeschickt. Diese Vorsicht lässt mir kaum Platz. Dabei bin ich viel länger da als diese Vorsicht. Ich kenne sie so gut, wie sie sich niemals kennen wird. Aber sie weiß nichts von mir. Und ich werde weiter warten, bis wir vielleicht eines Tages wieder zueinanderfinden. Ich habe ja Zeit.

Ich wollte noch nicht ins Haus. Nicht wieder so tun müssen, als wäre alles normal. Bei ihr und bei mir. Langsam wurde ich allerdings richtig hungrig.

Ich spähte hinter den Büschen hervor. Meine Mutter tupfte sich ab und zu mit einem Taschentuch hinter der Brille die Augen ab. Schließlich stand sie auf und verschwand im Haus.

Ich nahm meine Schultasche und trabte Richtung Küche. Auf dem Weg lagen rosa Magnolienblütenblätter wie kleine pinke Löffelchen herum. Wenn man sich unter den Baum legte und in die Krone hinaufsah, bildete er eine duftende Kuppel.

»Alice?« Ihre Stimme kam von oben, vermutlich aus dem Schlafzimmer. »Schatz? Ich komm gleich.«

Sie war in ihre Stöckelschuhe geschlüpft. Ich hörte das Klackern nun deutlich. Klick-klack, die Treppe hinab. Küchentür auf. Auftritt: meine Mutter.

Schwarzes Etuikleid. Seidenstrümpfe, in denen ihre Beine glänzten wie jene von gut aufpolierten Roboterfrauen. Das konnte sie immer noch perfekt – auch wenn sie zu Hause und auch wenn sie am Ende war: Auftritte wie in ihren Filmen, die sie nicht mehr sehen wollte. Die ich mir natürlich heimlich alle angeschaut hatte. Ich wollte wissen, was die Leute meinten, wenn sie mich darauf ansprachen.

Es fiel mir schwer, in dieser Frau, die über den Bildschirm tobte, meine Mutter zu erkennen. Sie wirkte so leicht. Energiegeladen. Selbstbewusst und wild. Schön.

Schön war sie allerdings auch jetzt noch.

Sie spitzte die Lippen, hauchte ein Küsschen mehrere Millimeter neben meine Wange. Die Sonnenbrille trug sie immer noch. Ich ignorierte die Brille und lächelte sie an.

»Wie war es in der Schule?«

»Okay.« Ausnahmsweise stimmte das diesmal sogar. Keiner hatte mir etwas getan.

»Ich nehme mir das sehr zu Herzen, Liebes.«

»Was?«

»Du bist immerzu so unglücklich. Seit Beginn des Schuljahrs. Und schon wieder so oft krank.«

Und wie so oft war da dieser Anflug eines Vorwurfs. Ich biss auf meine Unterlippe.

»Es nimmt mich und deinen Vater wirklich mit.«

Ich sah sie prüfend an. Okay. Wie üblich hatten sie meinetwegen gestritten, alles klar.

»Hast du Hunger? Ich habe uns was bestellt.«

»Nein, danke.«

Sie blieb etwas unschlüssig stehen, lächelte. »Dann lege ich mich wieder hin, ja? Am Abend begleite ich Papa auf einen Empfang.«

Ich nickte.

Sie ging die Treppe hinauf. Das Klackern verstummte, als es vom weichen Teppich im Schlafzimmer geschluckt wurde.

Sie würde an allen diesen Empfängen teilnehmen, egal wie schlecht es ihr ging. Nicht hingehen ging nicht. Vermutlich würde sie direkt nach einem Eingriff vom OP-Tisch aufstehen und lächelnd zu irgendeinem Event aufbrechen, auch wenn jeder Schritt schmerzen sollte wie bei der kleinen Meerjungfrau. Mein Vater würde anderes vermutlich auch nicht dulden. Ohne sie fühlte er sich nicht so repräsentabel, er wurde kratzbürstiger und gleichzeitig unsicherer, wobei es eigentlich sein Geld war, sein Ding, seine Geschäfte, nicht die meiner Mutter. Mein Vater und sie geisterten durch die angesagten Feste der Stadt. Sie sagten dazu: geschäftlich. Das war das Einzige, das meine Mutter beruflich unternahm. Sie drehte schon lange keine Filme mehr. Sie trat nicht mehr auf. Dafür warf sie sich mit verdreifachter Konzentration auf mich. Ich war ihr letztes großes Projekt. Das Projekt verlangte ihr viel ab, ich war immer schon ständig krank.

Ich riss die Kühlschranktür auf: fein säuberlich verpackte Schüsselchen. Ich holte mir wahllos Kleinigkeiten heraus, nahm eine Limonade dazu. Setzte mich mit einem Buch in den Wintergarten und tat so, als ob heute in der Schule gar nichts Aufwühlendes geschehen wäre. Ich las immer wieder dieselbe Stelle. Irgendwann kam mein Vater heim. Niemand fragte nach, warum ich da so lange saß, und ich begann mir selbst erleichtert zu glauben, dass gar nichts passiert war. Es war nichts passiert. Gar nichts.

3. SPIEGELSCHERBE

FAST FORWARD

Eine Liebesgeschichte beginnt immer schon, bevor sie eigentlich begonnen hat. Dieses Flattern der Nerven, dieses heimliche Schauen, diese Angst, Wut und Hoffnung, lange, sehr lange, bevor die wirkliche Annäherung passiert. Das ist so ein elender Schwebezustand, wie das lange Fallen in den Kaninchenbau. Sie weiß es eigentlich schon jetzt, wohin die Reise geht. Aber sie kann es noch gut verdrängen. Das macht mir nichts. Alles, was sie verdrängt, landet schlussendlich bei mir. Ich hebe es für sie auf. Eines Tages wird es wieder ihr gehören.

»Kann ich deinen Radiergummi haben?« Niko setzte sein strahlendstes Lächeln auf.

»Bitte, da.« Ich sah ihn nicht einmal richtig an. Ich versuchte, das Stillleben, das uns Frau Mahler liebevoll und viel zu hoffnungsfroh aufgebaut hatte, halbwegs korrekt auf mein verkleckstes Blatt Papier zu übertragen. Die Kannen sahen allesamt verformt aus. Bildende Kunst war einfach nicht meine Stärke. Aber bemühen wollte ich mich schon aus Prinzip.

Niko lehnte sich zu mir herüber. »Der Winkel ist falsch.«

Ich schwieg und schwang den Pinsel.

»Willst du meins anschauen?«

»Nö.«

»Bist du immer so ruppig?«

»Nein, nur wenn man mich beim Arbeiten stört.«

Er legte den Radiergummi zurück.

Rosa kam an unseren Tisch und stellte sich hinter mich. »Na, Queen Bazilla«, sagte sie.

Ich zog reflexartig die Schultern hoch, aber sie schnippte nur mein Bild zur Seite. Niko war in seine Arbeit vertieft und merkte nichts. Oder er wollte nichts merken. Wer weiß.

»Das sieht aber toll aus, Niko!« Sie lachte ihn an und warf ihr Haar zurück.

Niko blähte sich auf wie ein Ochsenfrosch und sah mich erwartungsvoll an. Ich blickte auf mein Bild und ignorierte ihn. Als ich irgendwann wieder hochschaute, stellte ich fest, dass er mich konzentriert beobachtete.

Als ich am Ende der Stunde meine Zombiekannen abgab, lag Nikos Bild schon auf dem Stapel. Zwischen den Kannen ragte ein Gesicht hervor. Ich sah genauer hin. Das Gesicht sah aus wie meins. Sogar den leicht störrischen Zug um den Mund hatte er getroffen. Ich musste lächeln. Achtlos warf ich mein Blatt zu den anderen und verließ die Klasse.

Draußen wartete Niko, aber ich ging an ihm vorbei, als würde ich ihn nicht sehen. Rosa, die sich gerade anschickte, mir das Bein zu stellen, nutzte ihre Chance und begann lieber ein Gespräch. Ich hörte ihr Lachen den ganzen Gang hinunter.

Bitte. Sollte sie doch flirten. Wenn sie unbedingt wollte. Mir war das ganz egal. Wirklich.

Am Abend lag ich wach und dachte an seine Hände. Schöne Hände. Das musste ich mir eingestehen.

Der Rest der Woche verlief unspektakulär. Rosa war krank, und mit ihrem Fehlen entspannte sich meine Situation. Wenn sie nicht beständig Öl ins Feuer goss, schienen die anderen mich zu vergessen. Ich sprach ab und zu mit Niko. Ich machte meine Hausaufgaben. Ich passte ganz gut auf. Niko interessierte sich zusehends auch für andere in der Klasse, und man konnte wirklich nicht sagen, dass sie sich nicht auch für ihn interessierten. Vor allem die Mädchen. Die Tage fühlten sich nach Ruhe vor dem Sturm an, aber ich konnte nicht sagen, auf was ich eigentlich wartete. Aber am Freitag kam Rosa zurück, und alles nahm wieder an Fahrt auf.

Am Nachmittag stand noch Sportunterricht an. Einige hingen in der Mittagspause im Schulgarten ab, einige gingen nach Hause. Niko verschwand gleich nach dem Läuten. Ich war gleichzeitig erleichtert und traurig darüber. Fühlte sich seltsam an.

Ich setzte mich mit meinem Buch ins Gras. Nach den ersten fünf Seiten fiel ein Schatten über die Buchstaben. Ich hob den Kopf nicht. Manchmal half es, wenn man einfach nicht reagierte.

Zack.

Das Buch flog in hohem Bogen aus meinen Händen. Rosas Fuß erschien direkt vor meiner Nase. Ich studierte die bunten Schnürsenkel in ihrem pinken Sneaker. Sie schienen noch recht neu zu sein. Jetzt nur nichts sagen. Nicht weinen.

»Was liest du denn da?«, fragte sie mit freundlicher Stimme. Hinter ihr tauchten die üblichen Verdächtigen auf. Max. Sofie. Paul. Anna. Sie kreisten mich ein.

Ich hasste meinen Gesichtsausdruck. Hilflos. Dämlich. Ich versuchte aufzustehen, aber Max drückte mich wieder nach unten. Ich zog vorsorglich den Kopf ein. Damit sie mich nicht im Gesicht erwischten.

Rosa griff nach meinen Haaren. »Jetzt versteckt sie sich schon wieder. Lächle doch mal.«

»Wir beißen nicht«, fügte Paul hinzu. Sie klangen wie ein gut einstudierter Song.

Der Kreis um mich herum wurde mit jedem Satz enger. Jeder hatte seinen Einsatz, und keiner vergaß ihn.

Ich rührte mich immer noch nicht. Meine Rolle war uns allen auch gut bekannt. Fast vertraut.

Da fiel ein weiterer Schatten auf den Rasen.

»Was ist hier denn los, verdammt noch mal?!« Niko rempelte Sofie und Anna zur Seite. »Was macht ihr da? Seid ihr völlig bescheuert?«

Rosa starrte ihn wortlos an. Sie hatte offensichtlich ihren Text vergessen.

Niko streckte mir die Hand hin. Ich wagte nicht, sie zu ergreifen.

»Misch dich nicht ein«, sagte Max mit einem unsicheren Blick zu Rosa. Natürlich war er seit Ewigkeiten verknallt in sie, und natürlich war er ihr egal.

Rosas Mund ging auf und gar nicht mehr zu. Es war eine Art Erleuchtung. Glaube ich.

Ich stand auf.

Niko hob mein Buch hoch. »Was glotzt ihr so? Haut ab.«

Max schien zu überlegen, ob er Rosa beeindrucken würde, wenn er sich noch ein bisschen wichtigmachte.

Niko versetzte ihm einen Stoß. Ganz schön heftig. Max taumelte und trat den Rückzug an.

Meine Hände zitterten, ich klammerte sie um den Riemen meiner Schultasche, damit das keiner sah.

Rosa sah uns noch einmal prüfend an. »Dabei dachte ich, dass du eigentlich cool bist, Niko.«

Sie trollten sich, betont langsam, betont lässig. Es war eine Niederlage für sie, und sie wussten das. Ich wusste das. Eine Art Bann war damit gebrochen.

»Komm«, sagte Niko. »Ich hab uns was zu essen mitgebracht. Gehen wir.«

Mein Herz schlug bis in die Ohren.

»Das war nicht das erste Mal, oder?«

»Doch«, log ich. Gejagt werden macht einen so klein und so wertlos, so klein und wertlos wollte ich vor ihm nicht erscheinen. Und sich verbergen müssen macht stumm und unsichtbar. Ob in der Schule oder zu Hause.

»Soll ich dir das glauben?«

Ich sagte nichts. Das konnte ich gut. Jahrelange Übung.

Niko legte die Hand auf meinen Oberarm. Gänsehaut.

Woher sollte er auch wissen, was sich seit dem letzten Sommer abgespielt hatte? Im letzten Schuljahr war ich noch halbwegs gut durch den Schulalltag gekommen. Rosa ging auch damals mit mir in eine Klasse, aber ihre Eltern waren noch nicht geschieden und Rosa halbwegs erträglich. Klar, sie hatte auch da schon blöde Bemerkungen gemacht, aber diese Bereitschaft, jemanden mit Stumpf und Stiel in den Boden zu rammen, die war definitiv noch nicht so ausgeprägt gewesen. Sie war mit Sofie befreundet, und Sofie verehrte Rosa. Machte ihr alles nach und machte alles mit.

Dann kam der Sommer. Was da mit ihr passierte, weiß ich nicht. Aber nach den Ferien wurde mein Leben zur Hölle.

Wie sollte ich Niko klarmachen, dass ich seit Monaten Queen Bazilla war, vor der Rosa sich demonstrativ ekelte? Jene Zombie-Princess, die so abstoßend und angeblich ansteckend war, derart, dass die Stühle, auf denen ich gesessen hatte, mit Klopapier abgewischt wurden, ehe sich wieder jemand daraufsetzte? Sogar den

Schwamm hatte Rosa schon einmal mit spitzen Fingern in den Mülleimer entsorgt, nur weil ich vor ihr die Tafel abgewischt hatte. Und der Rest der Klasse lachte oder schwieg. Im besten Fall. Klar, niemand wollte Rosas Zorn abbekommen. Die waren alle froh, dass sie ihr bevorzugtes Opfer gefunden hatte. Ich weiß nicht, ob ich mich anders verhalten hätte, wenn ich an ihrer Stelle gewesen wäre. Ehrlich. Ich weiß es nicht. Ich wurde also still. Und je stiller ich wurde, desto lauter wurden Rosa und ihre Mitläufer. Und ich wurde immer, immer stiller.

Jede Fehlstunde von mir wurde mit giftigen Bemerkungen begleitet. Und ich hatte eine Menge Fehlstunden. Durch meine Angst vor Rosa wurden es auch nicht unbedingt weniger. Zur ergebenen Sofie kamen Anna und der verliebte Max dazu. Die Boshaftigkeit potenzierte sich. Ich duckte mich und lud sie damit natürlich ein, weiterzumachen. Zu viert hatten sie einen gänzlich anderen Auftritt als Rosa alleine.

Unser Klassenlehrer merkte es nicht. Oder wollte es nicht merken. Und alle anderen hielten den Mund. Aus Furcht. Nur Niko. Der hatte es bemerkt. Und den Mund aufgemacht.

Am Abend lag ich in meiner gebügelten, nach Lavendelwasser duftenden Bettwäsche. Und ließ den Tag noch mal Revue passieren. Er war absolut irre gewesen. In jeder Hinsicht.

Aus dem Wohnzimmer im Erdgeschoss tönte klassische Musik. Meine Eltern saßen bestimmt wie immer auf der Couch und blätterten in ihren Büchern, damit nicht auffiel, dass sie sich immerzu anschwiegen. Die Musik übertönte ihre Stille, übertönte das Rascheln der Buchseiten, das Gleiten des Kataloghochglanzpapiers.

Ich erwischte mich dabei, dass ich meine Hand wie beiläufig auf ein Kissen legte und mir vorstellte, meine Finger würden auf Nikos

Handrücken zum Liegen kommen. Und am nächsten Tag hatte ich in der Schule fürchterliche Angst, er würde mir das an meiner Nasenspitze ansehen.

Ein paar Tage drauf gingen wir gemeinsam in die Cafeteria. Wir tranken Limonade. Seine Haut war immer noch braun gebrannt. Die Stirn schälte sich nicht mehr. Ich sah auf meine Schuhspitzen und dachte an diese braun gebrannte Haut. Er textete mich zu. Ich war so nervös, dass ich mir nichts davon merkte.

An den folgenden Wochenenden saß ich oft in unserem Garten und dachte daran, dass ich ihn Niko irgendwann zeigen würde. Vielleicht. Dazu hatte ich wirklich, wirklich Lust. Alle diese meine Pläne wurden umso konkreter, je länger ich ihn nicht sah. Und das war recht oft der Fall. Nikos Fehlstunden stiegen rasant. Er hatte keine Lust, jeden Tag so früh aufzustehen. Und nachdem er schnell feststellen musste, dass die Lehrer wenig erfreut waren, wenn er erst nach elf Uhr in der Schule auftauchte, ging er dazu über, lieber gar nicht zu erscheinen, wenn er verschlief. Je mehr Tage vergingen, desto mehr fehlte er mir.

Wenn wir in der Schule zusammensaßen, erzählte er die wildesten Geschichten über seine Abenteuer, und sie klangen alle so unglaublich, dass ich mir nie sicher sein konnte, ob sie wahr waren. Elefanten und Wüsten und wilde Beduinen kamen oft vor, und alte Motorräder und Unfälle, und immer schafften es Niko und sein Vater, heil zurückzukommen. Und wenn er richtig in Fahrt kam, dann klang es so, als wäre er selbst noch viel gerissener und mutiger als sein Vater.

So viel er auch von sich erzählte, ich blieb zur Sicherheit immer auf Distanz. Sicher war sicher.

Aber manchmal träumte ich von ihm und wachte glühend wieder auf. Schweiß auf der Stirn.

Manchmal hätte ich mein Leben gerne vorgespult, damit ich endlich wusste, was aus uns werden würde. Und manchmal bekam ich wiederum Angst vor jeder Veränderung und fand Zeitlupe doch die bessere Lösung.

4. Spiegelscherbe

URKNALL

Beziehungen beginnen immer als eine Reise. Man weiß nur nicht, wo man ankommt. Meistens. Manchmal will man auch überhaupt nicht ankommen, weil dann die Reise zu Ende wäre. Und man will, dass sie für immer dauert. Manchmal will man aber auch aussteigen, und es geht nicht. Und manchmal findet man nicht mehr nach Hause. Gut, wenn man jemanden wie mich hat. Ich bin führend in der Unterwelt des Bewusstseins, wenn man das so sagen kann. Vielleicht kann man das aber auch nicht so sagen. Wir werden sehen.

Und dann war da noch diese Klassenreise. Zelten sollten wir. Zwecks Verbesserung der Klassengemeinschaft, sagte unser Klassenlehrer. Um uns die unfassbare Vielfältigkeit der Natur begreiflich zu machen, sagte der gutmütige Philosophielehrer. Um zünftig abzuhängen und rumzuknutschen, sagten einige meiner Mitschüler. Das, fand ich, war eigentlich eine gute und sinnvolle Umsetzung der vorgeschlagenen Lehrziele.

Wenn ich an diese Reise dachte, dann stieg eine seltsame Unruhe in mir hoch. Eine Woche. Mit allen anderen. Aber vor allem: mit Niko. Wir hatten uns noch nie so lange am Stück gesehen. Das könnte eine Annäherung bedeuten. Vielleicht. Vielleicht kippte unser Hin und Her da endlich in eine bestimmte Richtung. Vielleicht aber auch nicht. Aber allein diese Möglichkeit machte meine Knie ein wenig zittrig. Ich hasste das.

»Du musst unbedingt mitkommen«, sagte Niko. »Ohne dich macht es doch gar keinen Spaß, Alice.«

Ich kaute an meinem Bleistift.

»Im Ernst. Das wird lustig. Wir beide.«

»Und siebenundzwanzig andere.«

»Die sind doch egal. Wir gehen im Wald spazieren, und ich zeige dir, wie man Fährten liest.«

»Das kannst du?«

»In Thailand haben wir mit meinem Vater Fährten gelesen.«

»Hier gibt es aber nur einen strunznormalen gemischten Laubwald mit maximal ein paar Wildschweinen drin.«

»Extremwildschweine«, sagte er und strubbelte sich die Haare halsbrecherisch hoch auf. »Vielleicht sehen wir sogar Ferkel.«

»Ich sehe jetzt schon eins. Außerdem sind das Frischlinge, keine Ferkel.«

»Ferkel, Frischlinge, ist doch egal. Ich sehe dafür ein echt spannendes Mädchen ...« Er boxte mich ein paarmal ganz leicht in die Seite.

Mit jeder Berührung schoss mir ein bisschen mehr Röte ins Gesicht, bis er mich ganz purpurn aufgepumpt hatte.

»Ich weiß nicht«, sagte meine Mutter, als ich ihr meine Pläne mitteilte. Sie saß in der Küche, eine Tasse Tee und ein Modemagazin vor sich. Der Tee duftete nach Vanille und Whiskey und Kandiszucker. Neben ihr stand eine kleine elfenbeinfarbene Milchkanne mit Goldrand, die so eine schöne bauchige Rundung besaß, dass ich sie als kleines Kind immerzu hatte streicheln wollen. Durfte ich nie. Ein Erbstück.

Ich zog einen Stuhl zu mir hin, warf meine Ledertasche darüber und setzte mich zu ihr.

Sie sah nicht auf.

»Mach dir keine Sorgen. Ich will so gern zelten. Das hab ich noch nie gemacht. Das klappt schon.«

»Und was ist, wenn du dann krank wirst, wie so oft?«

»Warum sollte ich?«

»Weil du selbst immerzu sagst, du fühlst dich nicht so wohl in der Klasse.«

Ja. Das hatte ich immer wieder gesagt. Vor Niko.

Sie schürzte die rot gemalten Lippen. Und sah sofort aus wie die Rote Königin in diesem Film, in dem Johnny Depp den verrückten Hutmacher gespielt hatte. Gleich würde sie »Kopf ab!« zischen und nach ihren Dienern rufen.

»Ist noch Tee da?«, fragte ich.

»Heißes Wasser steht auf dem Herd.«

Ich stand auf, holte mir umständlich einen Teebeutel aus dem Regal, goss ihn mit lauwarmem Wasser auf und kehrte zum Tisch zurück. »Ich will wirklich gern mitfahren. Ich war schon seit Ewigkeiten nicht mehr mit auf Klassenreise.«

Das stimmte sogar. Einmal hatte ich mich nicht getraut, weil mein Vater derartig dagegen gewesen war. Und ein andermal war ich krank, und die Diskussion hatte sich von vornherein nicht ergeben.

»Schatz, Papa wird wieder gestresst sein, bis du wieder da bist. Und dann kann er sich nicht auf seine Arbeit konzentrieren. Und er hat doch so viel zu tun.«

Das war derartig an den Haaren herbeigezogen, dass sogar sie selbst es vermutlich nicht glaubte. Mein Vater saß die meiste Zeit zu Hause und studierte Bücher, eingesperrt in sein holzgetäfeltes Arbeitszimmer. Ansonsten ging er zu Geschäftsessen und kam manchmal ziemlich beduselt heim, und meine Mutter kniff dann die Lippen zusammen, bis wieder die Falte erschien, mit der sie zwischen den kosmetischen Behandlungen zu kämpfen hatte. Und ab und zu fuhr er auf Geschäftsreisen. Wenn er wiederkam, hatte er immer einen Koffer voller Geschenke für uns, über die Mama sich selten freute, zumindest kam es mir so vor. Früher hatte ich mich schon darüber gefreut. Bis ich die angespannte Stimmung zwischen meinen Eltern bewusst wahrzunehmen begann.

»Es ist ganz in der Nähe«, lockte ich. »Da fahrt ihr mit dem Auto maximal eine Stunde hin.«

»Ich weiß nicht, Alice. Es ist ein hohes Risiko mit deiner zarten Konstitution …«

Ich konnte das nicht mehr hören. Immer wieder kam dieses Thema auf, und jedes Mal fühlte ich mich sofort gefangen wie ein Insekt, das man in ein Marmeladenglas gesteckt und dann die Luftlöcher vergessen hatte.

Ich biss die Zähne so fest aufeinander, dass ich sie knirschen hörte, und sah wütend zum Fenster hinaus. Draußen huschte ein grauer Schatten vorbei und verschwand im Gebüsch. Ich kniff die Augen zusammen. Die Büsche waren völlig regungslos.

Ich hielt mich an meiner Tasse fest wie an einem Rettungsring. »Mama, du hast doch selbst gesagt, ich soll so sein wie alle anderen Jugendlichen.«

Sie schüttelte den Kopf. »Ja, das stimmt. Das habe ich gesagt.« Sie seufzte. »Also gut. Wenn du unbedingt willst. Aber bitte keine Komplikationen, ja?«

Als ob das von mir alleine abhängen würde. Von mir aus gerne ohne irgendwelche Probleme. Ich wurde ja nicht aus finsteren und perfiden Plänen heraus krank.

»Haben wir ein Zelt?«, fragte ich.

»Hat dein Vater beim letzten Urlaub verloren.«

Ich wollte gar nicht wissen, wie man es schaffte, ein Zelt zu verlieren, und fragte sicherheitshalber auch nicht nach.

»Es war sowieso zu groß«, fuhr sie fort. »Ich nehme nicht an, dass du ein Dreipersonenzelt mitschleppen willst. Wir werden dir ein neues kaufen. Ein kleines, feines. Brauchst du noch was?«

Ich kramte in meiner Tasche.

»Auf unserer Liste steht: Rucksack, warme Socken, Wanderschuhe …« Während ich alles aufzählte, schwenkten meine Gedanken immer wieder zurück zu dem grauen Schatten, und ich erwischte mich dabei, mehrmals zum Fenster zu schielen. Aber da war nichts. Gar nichts.

Der Bus, der uns abholen sollte, war verspätet. Wir standen in einer berucksackten Horde vor der Schule herum, der Geräuschpegel war recht ausgewachsen. Die Coolen schwiegen. Die Hysterischen schrien. Mittendrin ich. Rosa fixierte mich aus einiger Entfernung. Und von Niko keine Spur. Ich hielt mich an meinem zusammengepackten Zelt fest. Wenn er jetzt nicht käme … Und ich mit all den anderen trotzdem fahren müsste … Alles würde wieder den gewohnten Lauf nehmen. Rosa würde dafür sorgen.

Es vergingen weitere fünf Minuten.

Ich ballte meine Hände zu Fäusten. Wie er mir in den Ohren gelegen hatte, wie schön es werden würde. Wie sehr er sich drauf freuen würde. Wie blöd ich gewesen war, das zu glauben! Lagerfeuer mit Würstchen am Spieß. Und er wollte mir Sternbilder zeigen, an denen man sich orientieren konnte. Wenn er jetzt wirklich nicht auftauchte, würde ich diese verdammten Sternbilder wirklich gut brauchen. Weil ich dann tatsächlich nicht weiterwüsste. Ich spürte Panik in meinem Bauch hochsteigen. Und ich konnte jetzt auch keinen Rückzieher mehr machen, schon wegen meinen Eltern nicht. Eine so unglaubliche Niederlage konnte ich nicht ertragen. Ihnen recht geben zu müssen. Dass ich nicht zu den anderen passte. Dass ich auf sie hätte hören müssen. Sie wussten es ja sowieso immer besser, dachte ich grimmig, und obwohl sie alles besser wussten, war die Stimmung zu Hause genau, wie sie war. Suboptimal.

Die anderen hatten Grüppchen gebildet, machten aus, wer neben wem sitzen würde. Wer neben wem zelten wollte. Mich fragte keiner.

Ich sah mich noch einmal verzweifelt um. Der Bus bog um die Ecke. Kam näher. Noch näher. Hielt.

Keine Spur von Niko.

Wenn ich nach dieser Horrorwoche zurückkäme, würde ich kein Wort mehr mit ihm reden. Nie wieder. Und mich von ihm wegzusetzen war schon beschlossene Sache. So ein Arsch!

»Steigt bitte ein«, sagte unser Klassenlehrer, ein farbloser Mann mit Halbglatze und Schnurrbart, der durch seine absolute Durchschnittlichkeit auffiel. Sein Name war Programm: Herr Mitteler.

Ich konnte es nicht fassen.

Der Bus rollte an. Die Grüppchen setzten sich langsam in Bewegung. Ich reihte mich in die Schlange ein mit dem Gefühl, zum Schafott zu gehen, wo mir ganz spektakulär der Kopf abgehackt werden würde. Drehte mich immer wieder unauffällig um. Keine Spur von Niko.

Die Bustür war jetzt direkt vor mir. Ausgefüllt von Leons nicht gerade kleinem Hintern. Die Hose war ihm – ob aus Unachtsamkeit oder aus modischen Gründen – hinuntergerutscht und entblößte blass gestreifte Boxershorts und darüber eine Pospalte samt Behaarung links und rechts. Weiß wie ein Vollmond. Die Nächste war ich. Ich setzte mir die Kopfhörer auf, um nicht reden zu müssen. Blickte mich ein letztes Mal hoffnungsvoll um. Nichts.

Im Bus roch es muffig und künstlich zugleich, als ob sich unzählige Schüler hier erbrochen hätten und mit Duftbäumchen dagegengearbeitet worden war. Hinten war natürlich alles schon besetzt. Ich warf meine Jacke auf den nächstbesten freien Platz.

»Da geht's nicht«, sagte Rosa und legte ihre Hand so schnell auf den abgewetzten Sitz, dass ich mich fast daraufgesetzt hätte.

Ich zog meine Kopfhörer ab. »Warum?«

»Weil der schon besetzt ist.« Ihr Blick wurde unangenehm stechend. »Ich will mich nicht von deinen ständigen Bazillen anstecken lassen!«

Anna lachte. »Ganz vorne ist die Krankenstation, da kannst du ja hin.« Sie wischten mit angeekelten Gesichtern über den Stoffbezug.

Ich riss meine Jacke an mich, drehte mich um und ging nach vorn. Es gab nur noch eine leere Reihe hinter den Lehrern.

Ich setzte mich hin. Meine Augen wurden feucht, ich biss die Zähne zusammen. Ein mieses Schwein war er. Das würde er büßen. Nie, nie wieder.

Unser Klassenlehrer, Herr Mitteler, ging die Namensliste durch. Als er Niko aufrief, blieb es still. Ich sah seinen suchenden Blick, meinem da draußen vor dem Bus nicht unähnlich. Wir warteten noch zehn Minuten. Dann brummte der Motor auf, und die Tür schloss sich.

Ich setzte mir die Kopfhörer wieder auf und drehte die Musik so laut, dass kein Geräusch mehr von außen zu mir dringen konnte. Richtete beide Düsen der Klimaanlage über mir auf mich. Spürte den Luftzug an meiner Haut. Und weinte leise in mich hinein.

Der Bus schlängelte sich durch Waldwege. Äste schlugen gegen mein Fenster. Meine Gesichtshälfte, die ich ans Fensterglas gedrückt hatte, fühlte sich seltsam taub an. Schließlich kamen wir an einer Wiese zum Stehen.

»Wir sind da. Alle raus«, kommandierte Herr Mitteler. »Hopp, hopp.«

Ich stieg aus und vertrat mir draußen die Beine. Gras, das sich im Wind wellte wie ein grünes Meer.

Auf dem Parkplatz stand ein Motorrad, das wirkte, als würde es jeden Moment auseinanderfallen. Ein Mann mit halblangem Haar, Lederjacke und ausgebleichter Jeans saß da. Er lächelte uns freundlich zu. Tiefe Falten im Gesicht. Dreitagebart. Oder sogar noch mehr Tage. So wie er aussah, hätte er locker irgendeinen Helden in *Herr der Ringe* spielen können.

In dem Moment startete Aragorn seine Rostlaube. Setzte sich keinen Helm auf. Fuhr mit knatterndem Motor davon. Staubwolken auf der Straße.

Unsere Lehrer trieben uns weiter an: »Alle nehmen ihre Sachen, und dann bitte quer über die Wiese. Dahinten ist der Zeltplatz.«

Ich warf mir das Zelt über die Schulter und ging los. Ein schmaler matschiger Weg führte über einen Hügel an einem zweistöckigen Haus vorbei. Auf den Balkonen blühten die unvermeidlichen Geranien. Weit und breit war da außer Wiesen und einem Waldrand nichts. Und im Wald lebten bestimmt Füchse mit Fuchsbandwurm. Seit wir die Parasiten sehr genau durchgenommen haben, fürchtete ich mich panisch vor einem ungebetenen Mitbewohner, der es sich in meinen Innereien gemütlich machte, ohne dass ich es merkte. Mein Gedärm gehörte mir!

Auf der Schwelle des Hauses saß jemand, einen Rucksack neben sich. Und streichelte mit Hingabe eine Katze, die sich um seine Beine wand.

Ich trat näher. Das konnte echt nicht wahr sein.

Als Niko mich sah, wuchs ein Grinsen auf seinem Gesicht, er ließ die Katze los und winkte mir zu.

Mein Herz setzte aus. Fing dann wieder an zu schlagen. Zu schnell. Fast hätte ich gelächelt. Ich verbiss mir dieses Lächeln. »Du bist so ein blödes Arschloch«, murmelte ich in mich hinein.

Den gesamten Nachmittag verbrachten wir damit, die Zelte auszupacken, die Anleitungen zu studieren und unser Lager aufzubauen. Ich kannte mich nicht aus mit dem Zeltsystem, das sich vollkommen meinem Verständnis entzog, aber ich wollte niemanden um Hilfe bitten, schon gar nicht Niko, der als einer der Ersten fertig war. Natürlich tauchte er bei mir auf, sobald der letzte Hering seines Zeltes eingeschlagen war.

»Ich helfe dir«, meinte er versöhnlich.

»Nein, danke. Alles bestens!« Ich kämpfte mit den Seilen und Heringen, schlug mir mit dem Hammer auf die Finger, verfluchte mich, das Zelt, meine dummen Ideen im Allgemeinen und Niko und seine Unzuverlässigkeit im Besonderen.

Während ich mit meinem Werkzeug herumhantierte, fiel mir auf, dass mein Ohr auf eine unangenehme Art spürbar wurde. Irgendwie brannte es da drin. Und es schmerzte auch ein wenig. Ich schob das leise Pochen weg. Es würde schon gehen.

Mehrmals versuchte Niko, mit mir ins Gespräch zu kommen. Doch ich ignorierte ihn. Wie wunderbar für ihn, dass sein Vater ihn hergebracht hatte! Wie schön für ihn, dass er eine Motorradfahrt einer Fahrt im Stinkebus mit den anderen und vor allem mit mir vorgezogen hatte! Und noch besser: dass er es nicht für nötig befunden hatte, mich darüber zu informieren, und mich dämlich hatte warten lassen wie ein bestelltes und nicht abgeholtes Scheißpaket. Ich war so wütend, dass ich das Gefühl hatte, mich an dieser Wut zu verschlucken, wenn ich mit ihm zu sprechen begann. Also ließ ich es lieber ganz. Als ich als eine der Letzten immer noch vor einem kläglichen Stoffhaufen am Boden stand, versuchte er es ein weiteres Mal.

»Echt, lass mich dir doch helfen.«

»Nein, danke.«

»Das geht ruckzuck, ehrlich.«

»NEIN. DANKE.«

»Ich weiß wirklich nicht, was du hast. Was ist los mit dir?«

»Nichts.« Ich bückte mich, um den Stoffhaufen anzuheben. Diesmal stach es richtig im Ohr. Ziemlich schmerzhaft.

Niko stand immer noch unschlüssig vor mir herum. »Ich weiß doch, dass du sauer bist, Alice. Aber ich hab keine Ahnung, warum.«

»Lass mich einfach in Ruhe.« Dem Stich folgten mehrere kleinere Schmerzwellen.

Ich gab meinen Widerstand vorübergehend auf, ich wollte mich hinlegen, bevor der Abend richtig losging. Der Rest der Klasse suchte bereits nach Feuerholz für den Lagerplatz, wickelte Kartoffeln in silbernes Stanniolpapier und spießte Würstchen auf lange Stecken. Eigentlich hatte ich auch schon Hunger.

Wortlos reichte ich Niko das Werkzeug.

Er lächelte. Brauchte nur ein paar Handgriffe. Das Zelt stand. Es war klein, der neue Stoff glänzte. Er öffnete den Eingang.

Ich wusste, er wartete darauf, dass ich beeindruckt und begeistert sein würde. Das wollte ich ihm nicht gönnen.

»Gute Qualität«, sagte er anerkennend. »Ich hab schon wesentlich schlechtere aufgebaut.«

Ich sagte nichts.

»Und in wesentlich schlechteren geschlafen. Weißt du, dass man in Beduinenzelten den Sand hören kann, wenn ein Sturm draußen tobt? Hört sich an wie eine Käsereibe mit Parmesan.«

»Hm.« Ich klappte die Plane vor dem Eingang nach oben: Das

Innere wirkte recht gemütlich. Alles grün in grün. Ein schönes Grün. Ich warf meinen Rucksack hinein, kletterte hinterher, packte den Schlafsack aus, mein kleines Kissen. Mein Buch. Es fühlte sich an wie ein vorübergehendes eigenes Zuhause. Es fühlte sich gut an.

Niko erschien im Umriss der Zeltöffnung. »Kann ich rein?«

»Nö.«

Ich schob ihn weg und kletterte hinaus. Wieder schoss ein feuriger Stich durch mein Ohr, aber diesmal ebbte die Welle nicht ab. Ich wickelte mir meinen Schal um den Hals. Aspirin hatte mir meine fürsorgliche Mutter auch mitgegeben. Es konnte eigentlich nichts schiefgehen.

»Komm«, sagte Niko, »ich zeig dir den Weg zum Lagerplatz. Ich kann nämlich Fährten lesen. Habe ich in Indien gelernt.«

»Ich dachte, in Thailand.«

»Da auch.«

»Ist ja auch wirklich ungeheuer schwer, hier den Lagerplatz zu finden«, meinte ich spöttisch.

Wir gingen schweigend nebeneinanderher.

»Willst du wirklich nicht reden?«

»Nein.«

Er zuckte die Schultern und wurde schneller, ich blieb zurück.

Der Feuerplatz war fast fertig. Auf einem Holztisch lagen die Würstchenspieße in Reih und Glied. Ich setzte mich dazu und begann, Gemüsescheiben für die Vegetarier zu schneiden. Niko gesellte sich zu einer anderen Gruppe und ließ mich in Ruhe. Vielleicht ging ich ihm schon auf die Nerven. Ich wusste selbst nicht, was mich ritt. Warum konnte ich ihm nicht offen sagen, was los war?

Die Sonne sank langsam hinter die Baumwipfel. Blutroter Himmel voller schwarzer Zweige. Schaurig-schön. Das Ohr schmerzte mittlerweile fürchterlich, und obwohl ich schon zwei Aspirin geschluckt hatte, wurde es überhaupt nicht besser. Als ich mich durch die violett glänzenden Auberginen gearbeitet hatte, griff ich mir die Paprika. Bald schmerzte jede Bewegung meines Kopfes. Als die Ersten schon damit beschäftigt waren, das Feuer anzumachen, ging ich schließlich zu Herrn Gerber, dem ich hier noch am meisten vertraute. »Mir geht's irgendwie nicht gut.«

Herr Gerber sah in mein Ohr und schüttelte den Kopf. »Komplett gerötet. Hast du in der Zugluft gesessen?«

Ich biss mir auf die Unterlippe.

»Willst du nach Hause?«

»Auf gar keinen Fall«, sage ich. »Ich bleibe da.«

»Ich kenne da ein altes Hausmittel. Vielleicht hilft dir das über Nacht.« Herr Gerber wühlte in unserem Gemüse. »Versuch, etwas zu schlafen. Und ruf mich bitte, wenn was ist. Versprochen?«

»Okay.« Ich ging langsam zu meinem Zelt zurück. Herr Gerber rannte mir nach und steckte mir eine Grillwurst und eine halbe rohe Zwiebel zu. Ich sah ihn an in einer Mischung aus Verzweiflung und Fassungslosigkeit.

»Die Zwiebel bindest du dir aufs Ohr«, erklärte er und tätschelte mir unbeholfen den Rücken, wie Bauern kranke Kühe tätscheln.

Niko unterhielt sich angeregt. Er schien nicht einmal zu bemerken, dass ich ging. Vielleicht hatte ich ihn gekränkt. Auch gut. Dann waren wir ja wenigstens quitt.

Ich lag im Zelt und hatte das Gefühl, meine Einsamkeit würde sich in mein Ohr hineinbohren wie eine gehörnte Schlange. Das tat weh, aber der Schmerz war gut, weil er mich davon ablenkte, dass es noch mehr wehtat, allein zu sein. Immerzu allein.

Die Zwiebel, die mir mein wohlmeinender Philosophielehrer

zugesteckt hatte und die ich mit meinem Seidenschal auf meinem Ohr befestigt hatte, war heruntergerutscht und nässte mir mit ihrem Saft den Nacken ein. Ich rollte mich im Schlafsack zusammen und versuchte so zu tun, als wäre ich nicht da. Oder als wäre dieses Ohr wenigstens vorübergehend nicht meins. Und schon gar nicht der Schmerz. Ich schloss die Augen und legte die Arme eng um mich.

Irgendwann vernahm ich draußen Schritte und Gelächter, eine ganze Gruppe kam offenbar vom Lagerfeuer zurück. Sie blieben ganz in der Nähe stehen und quatschten. Ich hörte zwei Mädchenstimmen. Rosa vermutlich. Und noch eine, die ich nicht erkannte. Sie lachten, sie gurrten, sie legten sich so richtig ins Zeug. Jeder schrille Laut bohrte sich in meinen Schädel. Ich vergrub mich so tief wie möglich in mein Kissen und in meine Jacke, die ich mir unter den Kopf geschoben hatte.

Irgendwann lachte noch jemand. Das kam mir sehr bekannt vor, aber durch das glühende Ohr und die tausend Wickel um meinen Kopf klang alles so verzerrt, dass ich mir nicht sicher war.

Und Rosa fragte ganz flötensanft: »Kommst du noch mit?«

Und wieder dieses Jungslachen. Und eine kurze Pause.

Ich hielt den Atem an. Das war *sein* Lachen. Natürlich. Die beiden gurrten nicht irgendwen an. Sondern Niko. Eindeutig. Mein Ohr loderte, und mein Gesicht folgte dessen schlechtem Beispiel. Nun mach schon, dachte ich. Hau ab mit den beiden. Das war's dann mit uns. Wenigstens ist dann alles klar. Und ich fühlte eine gewisse Erleichterung, mich ihm und allem, was noch hätte folgen können, nicht stellen zu müssen. Ich drückte ganz fest die Augen zu. Ich wollte schlafen. Jetzt. Sofort.

Und dann sagte Niko: »Sorry, aber ich hab jetzt echt keine Zeit.«

»Warum bist du dann überhaupt mitgegangen«, sagte Rosa beleidigt.

Ich konnte ihre vorgeschobene Unterlippe förmlich sehen, durch die Schichten meines Zeltes hindurch.

»Weil ich hierher wollte, und ihr seid in die Richtung marschiert. Ich wollte Alice sehen.«

»Die?«, Rosas Stimme klang, als ob sie Spuren von Zorn enthielte. »Was findest du überhaupt an ihr? Die ist nervig und ständig krank.«

Darauf schien Niko nichts zu erwidern, und kurz darauf hantierte jemand an meinem Zelteingang herum. Ich hatte den Reißverschluss fest zugezogen, er schaffte es nicht, ihn zu öffnen.

»Alice? Schläfst du?«

Ich sagte erst einmal gar nichts. Ich konnte nicht. Mein Hals war trocken wie sieben Jahre Wüste.

»Alice?«, wiederholte er. »Willst du deine Ruhe haben?«

Ich setzte mich auf. Mein Kopf fühlte sich an, als ob spitze Messerchen statt der Gleichgewichtskristalle meinen Gehörgang anfüllten. Es tat so weh, dass mir fast die Tränen in die Augen schossen.

Er strich über den Zeltstoff, der Wellen warf wie ein Vorhang im Theater. Wenn er sich hob, wartete das spannendste Bühnenstück überhaupt, so spannend wie keines von den vielen, die ich mit meiner Mutter gesehen hatte.

»Na gut«, sagte Niko, und ich glaubte Enttäuschung herauszuhören. »Dann sehen wir uns morgen.«

»Warte«, krächzte ich. Ich beugte mich vor, nestelte den Reißverschluss auf, zog ihn halb herunter.

In der aufgeklappten Öffnung sah ich sein Gesicht, ganz nah an meinem. Sein Pullover roch nach Lagerfeuer. Ich fand das unglaublich passend für diesen Augenblick. Meinen Schal und meinen Pulli, die ich mir um den Kopf gewunden hatte, weniger. Ich schaute vermutlich aus wie ein seltsamer Sultan.

Ich kniete auf der einen, er auf der anderen Seite. Wir sahen uns an, angespannt. Es war total still.

Dann öffnete er den Reißverschluss ganz und kroch auf allen vieren zu mir herein. »Darf ich?«, fragte er, als er schon fast ganz drin war.

Ich nickte. Die Tränen rannen plötzlich ungehemmt. Weil ich angespannt war und weil es wehtat und weil ich erleichtert war in einer absolut absurden Freude. Er war hergekommen. Zu mir.

»Was ist los?«, fragte er ganz perplex.

»Ich fühle mich derartig beschissen«, heulte ich.

Wir saßen im Zelt wie zwei bescheuerte Eskimos im zu kleinen Iglu. Abstand halten war nicht drin. Und es machte mir fast gar keine Angst.

»Ich bleib hier«, sagte er, »wenn du das möchtest.«

Ich nickte, die Schlange bewegte sich tiefer in mein Ohr.

Zwischen uns alle Magnetfelder dieser Welt.

Das Zelt drehte sich um mich wie die Erde um die Sonne, ich kippte leicht zur Seite, das Ohr pulsierte, mein Herz, mein Brustkorb. Alles. Ich machte die Augen zu, damit mir nicht übel wurde.

Er legte den Arm um meine Schultern, zog mich zu sich. Ich ließ mich fallen, so wie ich gelernt hatte, beim Segeln mit dem Gewicht des Bootes mitzugehen, mit dem Wind, dem Wasser, mit der Schwerkraft. Er war verschwitzt. Ich mochte seinen Geruch trotzdem. Ich mochte die Wärme, die sein Körper abstrahlte. Das war echt, greifbar, wirklich da, wirklich bei mir.

Seine Lippen auf meinen waren rau.

Als er meinen Kopf in seine Hände legen wollte, löste sich der Schal, den ich mir umgewickelt hatte.

»Was hast du denn da drin?«, fragte Niko. Und hielt mir eine körperwarme, feuchte halbe Zwiebel entgegen.

5. SPIEGELSCHERBE

SCHÖNE NEUE WELT

Wir saßen noch lange schweigend da.

Die Luft war klar, der Sommer würde bald kommen. Die Sterne waren so kühl wie der Wind, silbern im Finstern leuchtend. Wir lehnten aneinander, sein Arm um meine Schultern. Ich versuchte, diese Wärme in mir aufzusaugen wie ein Vampir. Sie in mir zu speichern. Für später. Ich wollte, ich *musste* mich an dieses Gefühl erinnern. Nähe kann man speichern. Auf jedem Hautzentimeter. Da passt mehr drauf als auf einen wirklich fett großen USB-Stick. Und man braucht keinen Strom dafür.

Aus dem Wald hörte man ab und zu Tiere. Irgendjemand begegnete sich da im Dunkeln, irgendjemand kam sich nahe und zu nahe. Das Rauschen des Windes in den Ästen.

Am nächsten Morgen wurde ich davon geweckt, dass Herr Mitteler an meinem Zelt rüttelte.

»Aufstehen«, rief er. »Jeder Einzelne, der verschläft, wird das nächste Mal eine Mahnung bekommen! Ist ja nicht zu viel verlangt, dass man sich einen Wecker stellt! Guten Morgen!«

Mein Ohr pochte furchtbar. Ich machte den Reißverschluss auf und sah mich Auge in Auge mit unserem Klassenlehrer.

»Hoppla«, sagte er etwas unangenehm berührt zur Begrüßung. »Was macht Niko hier drin?! Na wunderbar. Das ist eindeutig nicht erlaubt.«

Ich fühlte mich schwach, schwächer als gestern. Das Ohr, das ich in der Nacht kaum wahrgenommen hatte, meldete sich beleidigt wieder zurück. Und zwar heftig.

»Ich bin leider krank, Niko wollte nur helfen …«

»Lass uns das draußen besprechen.« Herr Mitteler verschwand.

Ich beugte mich zu Niko hinunter. Seine Wimpern zitterten. Ich drückte meine Lippen auf seine Wange. Er lächelte im Schlaf.

»Wie lange brauchst du denn noch?«, insistierte Herr Mitteler.

Ich kletterte aus dem Zelt.

»Komm bald wieder«, murmelte Niko.

»Ich glaube, die schicken mich jetzt heim«, sagte ich, aber er war schon wieder in einen Traum abgeglitten.

Herr Gerber brachte mir ein Thermometer. 38,5 Grad.

»Diese Verantwortung kann ich nicht übernehmen«, sagte Herr Mitteler.

Ich hatte es geahnt. Es war immer dasselbe. Niemand konnte Verantwortung übernehmen, und für alle war ich ein Problem, sobald ich nicht funktionierte.

Sie riefen meine Eltern an. Mein Vater war mit dem Auto auf Geschäftsreise.

Herr Mitteler verdrehte die Augen, weil er mich heimbringen musste.

»Ich ruf dich an«, sagte Niko.

Im Zug schlug mir das Rattern der Räder auf den Schienen Foltermale ins Hirn. Ich lehnte mich in meinen Sitz, legte die Beine auf meinen Rucksack, zog mir die Jacke erst um die Schultern, dann ganz über den Kopf und versuchte zu schlafen.

Herr Mitteler, der mit meiner Überstellung nach Hause alles andere als glücklich war, streckte seine langen Beine über den ganzen Gang. An den Füßen trug er Altherrensandalen ohne Socken, und auf den herausragenden großen Zehen sprießte dichtes schwarzes Borstenhaar, das einem Eber alle Ehre gemacht hätte. Herr Mitteler war sauer auf das Schicksal, das ihn an einem schönen Sonnentag dazu verdonnert hatte, die Zeit mit einer kranken Schülerin im Zug zu verbringen. Diese herbe Enttäuschung war ihm deutlich anzumerken. Gerade versteckte er sich hinter seiner extrabreit geöffneten Zeitung mit verräterisch bewegungslosen Blättern. Jedenfalls sprach er mich nicht an, und die Fahrt war eine der schweigsamsten in meiner ganzen Schulgeschichte.

Das störte mich keinen Augenblick. Wenn die Schmerzen zu stark wurden, flüchtete ich mich in die Erinnerung an letzte Nacht. Ich spürte den Stellen nach, auf denen Nikos Hände gelegen hatten, und wenn ich an ihn dachte, hätte ich gleichzeitig lachen und weinen können. Als wären alle möglichen Emotionen in wilde Bewegung gekommen, die ich jahrelang sorgfältig unter Verschluss gehalten hatte wie ein dunkles, abgründiges Staatsgeheimnis.

Ich sah aus dem Fenster. Die Landschaft zog vorbei, leuchtende Grüntöne und blumengesprenkelte Wiesen. Als wir schon fast bei der Endstation waren, meldete sich meine Mutter. Ich zögerte ranzugehen. Ich fühlte mich neu. Verändert. Als wäre mir eine andere Haut gewachsen, dort, wo Niko mich berührt hatte. Ich hatte Angst, sie würde das spüren. Aus irgendeinem Grund war mir das nicht angenehm. Ich ahnte, dass Niko sie definitiv nicht überzeugen konnte. So einen wie ihn wollten meine Eltern bestimmt nicht in meiner Nähe haben. Ich kehrte mit sehr gemischten Gefühlen heim. In unser kleines, schönes, sicheres Schloss, schwebend im Nichts, von Geheimnissen umgeben, geschützt von tausend dichten Dornenranken, durch die niemand hindurchkam, nicht einmal der wagemutigste Prinz.

6. SPIEGELSCHERBE

SCHWEBEZUSTAND

Aber vielleicht hat es auch erst begonnen, als ich vollgepumpt mit Antibiotika in meinem Bett lag und den Blick durch mein Zimmer schweifen ließ, das plötzlich zu kindlich anmutete. Die zugezogenen hellblauen Vorhänge mit dem Blumenmuster. Die alten Kuscheltiere im Regal. Kinderbücher, die immer noch da standen, neben den neuen, die ich mir selbst gekauft hatte. Das alles erschien mir so weit weg und gleichzeitig in seiner aufdringlichen Anwesenheit ein wenig peinlich. Ich erwischte mich dabei, dass ich mir vorstellte, wie es wäre, wenn Niko mich hier besuchen käme. Eben. Total peinlich wäre das.

In regelmäßigen Abständen tauchte der Kopf meiner Mutter in der Tür auf. Besorgt, geschminkt, von einem »Brauchst du was?« begleitet.

Diese Regelmäßigkeit erinnerte mich an den herauszischenden Kuckuck in Großvaters kunstvoller alter Kuckucksuhr, und ich musste lachen. Das tat weh und bewirkte außerdem, dass meine Mutter sich noch mehr Sorgen machte. Sie kam ins Zimmer und legte mir ihre Hand auf die Stirn.

Ich wich zurück, als könnte sie Nikos Spuren auf meiner Haut erkennen. Er hatte sich immer noch nicht gemeldet, und das schickte mich wiederholt in einen Strudel anstrengender Gedanken.

Ihre Augenbrauen hoben sich.

Immerhin hatte sie sich damit begnügt, mich nur einmal daran zu erinnern, dass sie wieder recht behalten hatte und ich erneut ramponiert und nicht ganz funktionsfähig war.

»Ja, ich brauch was«, sagte ich, um sie abzulenken.

»Was denn?« Ihre Stimme klang angespannt und betont freundlich.

»Neue Vorhänge.«

Es entstand eine Pause.

»Alice …«, flüsterte sie und näherte ihr Gesicht meinem, strich mir die Haare hinter das Ohr. »Geht's dir wirklich gut?«

»Total. Könnte nicht besser sein.«

Sie verließ das Zimmer, und gleich darauf hörte ich sie unten telefonieren. Mit unserem Hausarzt. Was denn die möglichen Nebenwirkungen der Medikamente sein könnten.

Ich hörte ihr nicht einmal eine Minute lang zu, dann war ich schon eingeschlafen.

NIKO: Wie geht's dir?

NIKO: He, wie geht's?

NIKO: Wieso antwortest du nicht?

NIKO: HALLOOO?

Ich wachte mitten in der Nacht auf. Mein Handydisplay blinkte: einige Nachrichten und ein Anruf.

Ich griff im Halbschlaf danach. Das einzige Licht in der Finsternis. Meine Mutter war wohl später noch einmal ins Zimmer gekommen und hatte die lichtdichten Rollos hinuntergelassen.

Niko hatte sich x-mal gemeldet.

Die Nachrichten lösten einen warmen Feuerball an Freude in meinem Bauch aus. Ich tippte im Dunkeln.

ALICE: Sorry, hab geschlafen.

Dann legte ich mich wieder hin. Das Ohr schien sich etwas beruhigt zu haben, aber die Medikamente machten mich benebelt. Ich versuchte, klarer zu denken. Ich schaffte es nicht.

Obwohl ich nun schon eine gefühlte Ewigkeit vor mich hin gesundete, brachte mir meine Mutter auch an diesem Morgen ein Tablett mit Frühstück hinauf, als ob ich schwerst erkrankt wäre. Sah gleichzeitig besorgt und genervt aus. Ich beschloss das erste Mal in meinem Leben, kein schlechtes Gewissen zu bekommen. Ich saß lieber im Bett, sog frisch gepressten Orangensaft durch einen Strohhalm, ein Riesenfederkissen im Rücken, und hörte dem Rauschen im Ohr zu. Es tat noch immer weh, aber die Schmerzmittel bombten drüber.

»Kann ich bald wieder in die Schule?«, fragte ich. »Die anderen sind übermorgen wieder da.«

»Du bleibst einige Tage ganz sicher noch zu Hause und im Bett. Du sollst dich anständig auskurieren.«

»Aber ich versäume unglaublich viel, vielleicht komme ich dann nicht mehr mit …« Ich setzte meine verschrecktesten Kulleraugen ein.

Unten läutete das Handy meiner Mutter. »Kommt gar nicht infrage!« Sie lief mit Trippelschrittchen die Treppe hinunter.

Ich überlegte fieberhaft, wie ich es anstellen könnte, Niko bald wiederzusehen. Mir fiel nichts ein.

Ich horchte angestrengt: Meine Mutter sprach leise, ich konnte nichts verstehen. Kurz darauf wieder das Klappern ihrer Pfennigabsätze auf den Stufen. Ihr Gesicht war plötzlich noch viel angespannter als vorher.

»Dein Vater kommt morgen zurück«, sie stockte. »Dann sind wir bei deinem Großvater eingeladen. Ich … ich werde ihm sagen, dass du nicht mitkannst. Du bist ja krank.« Sie seufzte. »Das wird ein Spaß, ihm das zu erklären.«

Mein Großvater hatte meistens sehr klare Vorstellungen, wie so ein Besuch bei ihm abzulaufen hatte. Und üblicherweise duldete er es nicht, dass von seinen Plänen abgewichen wurde.

Ich streckte ein Bein unter der Decke hervor und befühlte mit den Zehen den glatten Parkettboden.

»Vielleicht kann ich ja doch mit.«

»Vielleicht. Ja. Das wäre gut.« Meine Mutter sah ein wenig erleichtert aus. »Wir besprechen das, wenn Doktor Kern vorbeikommt.«

Ich wusste schon jetzt, was dabei herauskommen würde.

7. SPIEGELSCHERBE

DIE HÖHLE DES LÖWEN

Aber vielleicht hat das alles ja begonnen, bevor Niko überhaupt in mein Leben kam. Vielleicht ist der Anfang hier zu finden, in meiner Familie. Und nicht einmal in unserer kleinen feinen Villa. Sondern in der herrschaftlichen Villa meines Großvaters, die weit über unseren Garten ragte. Mit gepflegten Rosenhecken, einem gewundenen Weg aus gelben Steinen und einem kleinen Brunnen, in den in all den Jahren keiner einen goldenen Ball hat hineinfallen lassen – weshalb folglich auch kein verwunschener König herausgekommen ist. Der einzige verwunschene König, den ich kannte, thronte im Arbeitszimmer, das dreimal so groß war wie das meines Vaters. Und fünfmal so dunkel. Das letzte Blatt seiner Rose war längst verwelkt, niemand konnte ihn mehr erlösen.

Ich hörte Kies unter den Reifen. Eine Autotür schlug zu.

»Na, wie geht es meinen Lieben?«, rief mein Vater. Beschwingt kam er die Treppe hoch und pfiff.

»War eine sehr erfolgreiche Geschäftsreise«, sagte er betont überzeugt, als er in der Tür zu meinem Krankenlager erschien. »Das sollten wir jetzt feiern. Wir drei.«

»Wir müssen bald rüber«, antwortete meine Mutter. Mein Vater seufzte. Lächelte mich dennoch an. Wie aufgezogen. Kam ins Zimmer und legte ein in Seidenpapier verpacktes Schächtelchen mit bunter Schleife auf meine Bettdecke. »Für dich. Wird dir gefallen.«

Ich hob es hoch. Etwas klimperte darin. Mein Vater zuckte ein wenig hilflos die Schultern. »Schon wieder krank?«

Ich zog die Schleife auf, um ihn nicht ansehen zu müssen.

»Aber nicht schlimm. Wirklich. Nur das Ohr.«

»Ah. Ja. Hat mir deine Mutter schon gesagt. Genau. Dann ist ja gut.« Er berührte meine Wange ganz kurz und wich gleich wieder vor mir zurück. Lächelte nochmals. »Ja. Gut.« Und weg war er.

Ich öffnete die Schachtel. Gebogene silberne Ohrringe mit grünen Steinen. Sie waren hübsch. Aber allein der Gedanke, jetzt etwas an die Ohren zu hängen, verursachte mir Kopfschmerzen.

Kurze Zeit später brachte meine Mutter mir frisch gebügelte Kleider ans Bett. Während ich mich anzog, hörte ich die Stimmen meiner Eltern im Schlafzimmer. Sie sprachen gedämpft. Ich hörte sie trotzdem. »Immer muss er seinen Sturkopf durchsetzen. Egal was es kostet.«

»Wir bleiben so kurz wie möglich«, flötete meine Mutter beruhigend.

»So kurz wie möglich?!«, zischte mein Vater. »Das ist nie möglich. Und das weißt du.«

»Alice ist doch krank …«

»Ja, wieder einmal. Es ist nicht auszuhalten. Ständig hat sie was.«

Meine Mutter klang empört. »Hörst du jetzt auf! Sie hält Stress eben nicht gut aus. Und du machst ihr Stress!«

»Ich? *Ich?!* DER in seinem Protzhaus macht uns Stress!«

Queen Bazilla, dachte ich. Mein Vater sah es offenbar ebenso. Vielleicht hatte Rosa also doch recht.

Wir zogen in einer kleinen Prozession los. Alle gekämmt, geschniegelt und aufpoliert.

Auf dem Weg rief mein Großvater an. Ich hörte seine Stimme aus dem Handy meines Vaters dröhnen. Es klang nicht wirklich freundlich. Mein Vater schwieg und legte dann auf. Seine Schritte wurden schneller. Die Fäuste geballt in den Jackentaschen. Ich wappnete mich. Ich wusste, was kam.

Sie zweifelt an sich und an ihrem Vater. Ich muss ihn allerdings ein wenig in Schutz nehmen. Nicht allzu sehr, aber etwas doch. Zu oft habe ich gesehen, wie er sich in ihr Zimmer schleicht, während sie schläft. Und sie aus der Entfernung ansieht. Mondlicht auf den polierten Dielenbrettern und auf dem strahlend weißen Kissen, auf dem ihr Kopf ruht. Das Haus ist ganz still. Seine Frau döst einen unruhigen Schlaf in weichen Federkissen im oberen Stock. Er aber kann so oft nicht schlafen, er wandert unruhig im Haus umher und findet keine Ruhe. Von einem Zimmer ins andere, bis er hier landet. Hier ist immer Endstation. Er horcht, ob ihr Atem regelmäßig geht, erinnert sich dabei an eine andere Zeit, eine Zeit, so lange schon vergangen, dass sie keine Erinnerung daran hat und haben kann. Ich kenne diese Zeit gut, diese Zeit, in der er sich bange über sie beugte, immer in der Erwartung einer schrecklichen Entdeckung, die dann glücklicherweise nie eintraf. Und dennoch fürchtet er sich immer noch jede Nacht aufs Neue. Er weiß, dass seine Frau dem Zimmer dieselben Besuche abstattet. Sie funktionieren zuverlässig wie ein Schweizer Uhrwerk – wenn er nachts wacht, schläft sie, wenn er morgens aufbricht, hält sie den Tag über Wache. Ich sehe ihnen zu, wie sie ihre Blicke sorgsam auf das Kind legen. Innige Umarmungen sind ihnen fern.

In der Villa meines Großvaters war es still. So still, dass unsere Schritte in der marmornen Eingangshalle widerhallten. Das neue Hausmädchen tauchte so lautlos auf wie ein Geist und grüßte uns mit starkem Akzent. Wieder ein anderer als der ihrer Vorgängerin.

Das Personal im Haus meines Großvaters wechselte oft. Das Mädchen trug wie alle anderen Hausangestellten vor ihr ein schwarzes Kleid und ein weißes Schürzchen. Sie war nicht viel älter als ich, und das machte mich ein wenig verlegen. Es war mir unangenehm, dass ich nur fünfzig Meter weiter von meiner Mutter bedient wurde und in die Schule ging, während sie drüben die Böden schrubbte. Als ich meiner Mutter einmal davon erzählte, hatte sie nur milde gelächelt. »Es kann nicht jeder das Gleiche haben.« Eine schlichte Wahrheit, die ihrer Meinung nach immer noch nicht fest genug in meinem Hirn verankert war. »Das ist einfach so.«

»Ich will ja nicht, dass sie das Gleiche hat«, hatte ich mich gewehrt. »Ich will nur, dass sie auch in die Schule gehen kann.«

»Aber sie will es vielleicht gar nicht«, war die Erwiderung meiner Mutter gewesen. »Sie hat es besser hier.«

»Als wo?«

»Als dort, wo sie herkommt.«

Ich fragte mich, woher meine Mutter wusste, wo das Mädchen herkam. Und warum sie so sicher annahm, dort sei es so schlimm.

»Aber du sagst doch selbst immer, Bildung ist wichtig.«

»Ja ... schon ... Aber sie hat ihre notwendige Bildung vermutlich schon gehabt.«

Was meine Mutter wohl dazu sagen würde, wenn ich einfach nicht mehr in die Schule ging?

Das Thema war damit für sie abgehakt. Für mich nicht. Immer noch war da eine Prise schlechten Gewissens. Aber dieses schlechte Gewissen war meine Grundausrüstung. Mit dem Set war ich vermutlich schon auf die Welt gekommen.

Ich fühlte mich immer noch benommen von den Medikamenten, es fiel mir schwer, einem Gespräch überhaupt zu folgen, geschweige denn eins anzufangen. Dass Großvater uns zum Mittagessen geladen hatte, machte die Sache nicht einfacher. Ich hatte auch gar keinen Hunger. Ich wollte eigentlich nur eins: zurück ins Bett. Und darauf hoffen, dass Niko sich wieder meldete.

»Der Herr erwartet Sie im Speisezimmer.«

Wir gingen in einem verlorenen Häufchen unter ausgestopften Rehköpfen und Eberschädeln hinter ihr her. Ich hatte mich hier immer zu Tode gefürchtet, wenn ich früher vorgeschickt wurde, um Großvater abzuholen oder um ihn über etwas zu informieren, von dem meine Eltern wussten, dass er deswegen toben würde. Zu mir war er meistens wesentlich freundlicher als zu ihnen – was bei ihm wiederum nicht viel hieß.

Irgendwo in diesen Gängen stand eine Ritterrüstung ohne Ritter drin, die mich immer an den Panzer eines Schalentiers erinnert hatte – als ob jemand den Ritter genüsslich verspeist hatte und nur noch sein Gehäuse übrig geblieben war. Vor ihr hatte ich mich immer am meisten gefürchtet, mehr als vor all den Tierköpfen, die hier abends im Halbdunkel lange Schatten warfen.

An den Wänden hing eine beeindruckende lange Reihe diverser Danksagungen und Würdigungen. Die schön gerahmten Papiere drängten sich so dicht, dass man den Eindruck bekommen konnte, mein Großvater wäre von Beruf barmherziger Samariter. Er hatte, wie schon davor mein Urgroßvater, vermutlich die halbe Stadt auf die eine oder andere Weise mit Geldaufwendungen unterstützt. »Tradition«, sagte Großvater dazu. Tradition, dachte ich. Tradition war wohl, wenn man reich genug war, sich verschwenderische Rituale leisten zu können. Mein Großvater wurde außerdem nicht müde zu betonen, dass sein Vater aus einer einfachen Familie stammte und dennoch eine steile Karriere hingelegt hatte. Seine Bewunderung für ihn kannte offenbar keine Grenzen. In einem Seitentrakt der Villa gab es sogar einen ganzen Raum, der voller Porträts meines Urgroßvaters war. Seine jüngere Version in festlicher Uniform und als alter Mann, ein wichtiger Unternehmer. In Öl, in fetten goldenen Rahmen, im beständigen Halbdunkel. Mit den Blumen, die täglich in der protzigen Vase gewechselt wurden, wirkte das größte Bildnis beinahe wie ein Schrein. Großvater hielt sich gerne dort auf, mein Vater mied diesen Bereich wie die Pest. Ich eigentlich auch. Die Porträts verfolgten einen mit strengen Blicken, die in den Rücken zu stieren schienen. Als Kind hatte ich eins von ihnen mit Filzstift veredelt. Die Folgen waren furchtbar gewesen.

Ja, daran erinnert sie sich noch. Aber sie hat längst vergessen, was dieser Angst vorangegangen ist. Bruchstücke dieser Ereignisse geistern manchmal durch ihre Träume, glänzen auf wie ein Goldfischchen in trüben Gewässern, das kurz die Oberfläche durchbricht und bald darauf wieder im schlammigen Wasser verschwindet, als wäre es nie da gewesen. Ein schimmerndes Aufblitzen in den Wellen. Sie sieht nicht einmal mehr die Kreise, die von diesem Auftauchen verursacht auf der Oberfläche auseinanderlaufen.

Ich hebe es auf, wie alles andere, ich hebe es auf und warte darauf, es ihr zurückgeben zu können. Irgendwann. Diesen Abend, an dem die Eltern sie in die Villa vorgeschickt hatten, auf Milde hoffend, die dieses kindliche Gesichtchen vielleicht bei dem Alten auslösen würde. An diesem Abend, an dem sie den alten Mann dabei überraschte, wie er mit seinen Fotoalben auf den Knien im Arbeitszimmer eingedöst war.

Der Kerzenleuchter fast abgebrannt, der Geruch von verbranntem Docht. Dünne Fäden Rauch in der Luft. Sie bleibt vorsichtig in der Tür stehen. Nachdem sie sicher ist, dass der Großvater fest schläft, wagt sie sich näher heran. Ein bedächtig gesetzter Schritt nach dem anderen. Draußen ist es dunkel geworden, ein kühler Herbsttag, der die letzten verbliebenen Blätter von den Bäumen im Garten abgeworfen hat. Geruch nach Erde und kommendem Winter. Sie tastet sich vor, wie eine Seiltänzerin auf schwankendem Seil. Näher. Noch näher.

Er schnarcht leise auf.

Sie erstarrt. Noch leiser. Noch langsamer werden ihre Schritte.

Ein Meter noch.

Ein halber.

Dann steht sie ganz dicht vor ihm, so nah, dass sie die blauen Adern auf seiner Stirn erkennen kann, in denen das Blut pulsiert. Ihr Blick fällt auf die verstreuten Fotografien, die aus seinen Händen gefallen sind.

Ich erzähle später davon. Wir haben ja Zeit.

Das Hausmädchen führte uns den langen Gang entlang, dessen Fenster auf den gemeinsamen Garten und unseren Swimmingpool hinausgingen. Nur das Klappern von Mamas Absätzen und ein beständig wiederkehrendes Geräusch sind zu vernehmen. Tock. Tock. Tock. Pause. Und wieder: Tock. Tock. Tock. Mir gefielen die kurzen Pausen zwischen dem Klopfen überhaupt nicht – es verhieß nichts Gutes.

Das Mädchen blieb vor der Flügeltür am Ende des Korridors stehen und riss sie mit einem beherzten Ruck auf.

Tock. Tock. Tock.

Der Raum war trotz des warmen Tages kühl. Großvater mochte keine Wärme. Der glatte Parkettboden war frisch gewachst und rutschig, ich musste aufpassen, nicht zu fallen.

Tock. Tock.

Stille.

Die schweren Vorhänge an den hohen Fenstern waren halb zugezogen. Zwischen ihnen fiel ein Streifen Licht hinein. In diesem Streifen Licht glänzte die stählerne Speiche eines Rollstuhlrads auf. Ich erkannte den langen silbernen Stock mit schwarzem Ebenholzknauf. Der Stock schlug einen unruhigen Rhythmus. Füße in feinen Schnürschuhen.

»Da seid ihr ja endlich«, sagte mein Großvater. Das Klopfen des Stocks verstummte.

»Mein Lieber, man sieht ja gar nichts im Zimmer«, säuselte meine Mutter.

Er schnaubte. »Ich habe Kopfschmerzen. Nur wegen diesem miesen Wetter!« Der Rollstuhl quietschte. »Verdammt.«

»Möchtest du vielleicht ein Schmerzmittel haben?« Meine Mutter begann beflissen in ihrem Handtäschchen zu kramen, in der sie, Mary Poppins nicht unähnlich, ein riesiges Arsenal an Notfallpräparaten mit sich herumtrug. Manchmal erwartete ich fast, dass sie eine Zimmerpflanze oder einen Garderobenständer daraus hervorziehen würde.

»Nein. Schmerzen steckt man weg.«

Vorsichtig umrundeten wir im Zwielicht den mächtigen Tisch. Schwarzes Holz, so glatt poliert wie sein Stock. Die Tischplatte doppelt so groß wie mein Bett.

Mein Vater war als Erster beim Fenster angekommen und schob den Vorhang etwas zur Seite. Der hereinfallende Streifen Licht verbreiterte sich und leuchtete die Figur meines Großvaters aus: stocksteif in seinem Rollstuhl sitzend. Den Bart geometrisch genau gestutzt. Im feinen dunkelgrauen Anzug. Eine rote Samtdecke über den Knien. Dunkle Augenringe und darüber umso stechendere graublaue Augen. Manchmal war es mir richtig unangenehm, dass ich dasselbe Graublau sah, wenn ich in den Spiegel blickte.

Er beugte sich blitzschnell vor und schlug mit seinem Stock nach dem Vorhang, den mein Vater festhielt.

»Sofort wieder zumachen!«, knurrte er.

Mein Vater ließ folgsam los, und der Stoff schluckte das Licht erneut.

Wir schwiegen. Man hörte nur meine Mutter ausatmen. Während wir so angespannt wie lächerlich im Halbdunkel standen, vibrierte mein Handy. Ich steckte es fester in meine Hosentasche.

»Dieses unnötige Mittagessen.« Großvater fuhr auf uns zu. »Mit den verdammten Schmerzen ist das keine so große Freude. Aber es ist sowieso schon angerichtet. Bevor sie wieder alles wegwerfen muss. Wobei – das wäre eigentlich auch egal. Dauernd macht sie Fehler!«

Er rollte zum gedeckten Tisch. Es sah gespenstisch aus im Halbschatten. Wie in einem Geisterhaus.

»Schieb den Vorhang auf«, schnarrte er meinen Vater an. »Und du mach das Licht an. Es wird hell, wenn ich sage, dass es hell wird.«

Meine Mutter ließ ihre manikürten Finger gehorsam über den silbernen Drehschalter gleiten.

Licht ergoss sich aus dem riesigen Kronleuchter auf den mächtigen Esszimmertisch. Schönes weißes Porzellan, eine Vase mit roten Blumen und auch der intensive Geruch eines Rehbratens ließen mich nicht vergessen, dass ich nur wegwollte.

Wir nahmen Platz.

»Was für ein schöner Tag, mein Lieber«, sagte meine Mutter und lächelte so strahlend, als würde sie Werbung für Zahnpasta machen.

»Ja, nicht wahr?«, beeilte sich mein Vater, ihr zuzustimmen.

»Ruhe. Ich weiß, dass ihr am liebsten gleich wieder verschwinden würdet.« Mein Großvater sah triumphierend in die Runde. Ich studierte meine Schuhe. »Meine Gesellschaft ist nicht, was ihr sucht. Aber das Geld nehmt ihr ja doch immer, obwohl ihr über seine Herkunft die Nase rümpft. Und ich sage es euch noch mal und immer wieder: Im Krieg hätte das jeder getan.« Er nahm einen Schluck Wasser, trocknete sich die Lippen und legte die Serviette in genaue Kanten und Falten, bevor er sie langsam ablegte. Meine Eltern starrten in ihre Teller. »JEDER!!!«

Mein Vater sah weg. Das Besteck in der Hand meiner Mutter schwang wie die angerissene Saite einer Geige. Sie legte es nieder und drückte beide Unterarme fest auf den Damast der Tischdecke.

»Spargelcremesuppe«, kündigte das Dienstmädchen an. »Darf ich dem gnädigen Herrn auftun?« Sie öffnete die silberne Terrine und goss Suppe in den Porzellanteller. Sie gab höllisch acht, dennoch fiel ein kleiner Tropfen daneben.

»Passen Sie doch auf!«, zischte mein Großvater. »Wenn das noch einmal passiert, sind Sie gefeuert. Alle unfähig! Und das bei diesem Gehalt! Die jungen Leute heute wissen nicht mehr, was Ordnung, Präzision und Verantwortung bedeuten! In meiner Jugend, da wusste man Präzision noch zu schätzen. Und Gehorsam.«

Das Dienstmädchen rieb wortlos an dem kleinen Fleck herum. Ihre Hände zitterten mit denen meiner Mutter um die Wette.

Mein Großvater löffelte lustlos die Suppe in sich hinein. Er kleckerte. Das Dienstmädchen wischte hinter ihm her, bis er sie mit dem Stock wegdrückte. »Genug. Das Tischtuch ist sowieso schon versaut.«

Sie verschwand Richtung Küche.

Ich rutschte auf meinem Platz herum, um die Anspannung etwas abzuschütteln, die über uns hing wie eine Smogglocke über einer Industriestadt. Wir bekamen keine Luft. Ich stellte mir vor, wie dieser Smog sich zu dichtem Nebel verfestigte, zu schaumartigen Gebilden zusammenklumpte, die ich einatmete und die meine Lunge verstopften, bis es zu spät war.

Wenn er jetzt wieder vom Krieg anfing, dann war klar, dass das große Donnerwetter noch vor dem Dessert zu erwarten war. Mein Kopf dröhnte. Bitte nicht, dachte ich. Bitte. Nicht heute. Um ihn nicht weiter zu reizen, tasteten wir uns durch die Konversation wie Blinde durch ein Labyrinth.

Mein Großvater schmatzte laut, tupfte sich erneut den Mund ab und warf einen kampflüsternen Blick in die Runde, als ob er sein nächstes Opfer aussuchen wollte.

Irgendwann war der Braten geschafft. Irgendwann stand die Schokomousse vor uns auf dem Tisch.

Ich schwitzte. »Darf ich gehen? Ich fühle mich sehr müde«, wagte ich einen Versuch.

»Wir sind dann fertig, wenn ich es sage.«

»Robert«, wandte meine Mutter ein. »Sie ist noch krank. Lass sie doch gehen. Sie gehört ins Bett.«

»Kommt überhaupt nicht infrage! Immer verwöhnst du sie! Sie muss Respekt und Hartnäckigkeit lernen, sonst wird sie so eine Versagerin wie –«

»Bitte«, unterbrach ihn meine Mutter.

»Ist schon okay«, sagte ich und schaufelte das Dessert in mich hinein, so schnell ich nur konnte.

»Du weißt, wie viel ich für euch getan und was ich euch ermöglicht habe.« Mein Großvater sah meine Mutter intensiv an. Und deutete dann mit dem Kinn auf mich. »Und besonders für die da.«

Meine Mutter senkte den Kopf und strich an ihrem Kleid herum.

Ich kannte das. Ich hatte das schon oft gehört.

Mein Handy vibrierte erneut. Ich zog es aus der Tasche und warf hinter der Tischkante versteckt einen Blick drauf.

NIKO: Hey, ich steh vor deinem Haus.

Oh Gott.

Mein Großvater verlangte nach der Toilette. Das Mädchen schob ihn hinaus.

Meine Mutter legte die Hand auf die Schulter meines Vaters. Er sah sie dankbar an.

Ich nutzte den Moment und tippte.

ALICE: Es geht gerade nicht.

NIKO: Kann warten. Ich setz mich auf die Mauer.

Als mein Großvater zurückkehrte und meine Eltern sich erhoben, um sich zu verabschieden, nahm ich die Gelegenheit zur Flucht wahr, nachdem ich mich schnell bedankt hatte.

»So ein wundervolles Essen«, flötete meine Mutter.

Ich rannte.

Niko saß auf der Mauer, hörte Musik und baumelte mit den Beinen. In seinem hellen Haar glänzte die Sonne. Wie in einem Disneyfilm, so kitschig.

Mich spaltete es in zwei sehr unterschiedliche Hälften: die eine, die sich unbändig darüber freute, ihn da sitzen zu sehen. Und die andere, die voller Panik war. Und auch ein bisschen wütend. Er hatte mich nicht gefragt, ob es okay war, er hatte mich vor vollendete Tatsachen gestellt. Noch eine Szene mit meinen Eltern ertrug ich heute nicht. Es würde mir all meine verbliebene Energie rauben, ihn meinen Eltern so zu verkaufen, dass sie uns in Ruhe ließen. Aber er machte einfach, was immer ihm im Kopf herumspukte, ohne jeden Kompromiss. Ständig war er mir ein paar Schritte voraus, und mir blieb nichts anderes übrig, als ihm hinterherzuhecheln.

Niko sah mich und sprang vom Mäuerchen.

»Was machst du denn hier?«

Er grinste. »Hab dich vermisst. Bin heimgefahren.«

»Was haben die Lehrer dazu gesagt?«

»Keine Ahnung. Hab sie nicht gefragt.«

»Ich hab dich auch vermisst«, murmelte ich leise. Und zog ihn, als er mich umarmen wollte, hinter den dichtesten, fettesten Busch neben dem Eingangstor.

Die Berührung fühlte sich so unfassbar richtig an wie auch schon in der Nacht in meinem Zelt. Und die gesamte Situation fühlte sich gleichzeitig ziemlich falsch an. Ich hatte keinerlei Kontrolle darüber.

Er strich über mein Haar, vom Scheitel bis zur Mitte des Rückens. Er küsste mich. »Was macht dein Ohr?«

»Geht so.«

»Du Arme.« Er zog mich noch näher an sich.

Ich legte meinen Kopf an seine Brust, schloss die Augen. Hörte sein Herz unter meinem Ohr, ein ruhiges, deutliches Pumpgeräusch. Das klang nach einem starken Herz. Ich war ganz sicher, ein starkes Herz zu brauchen. Aber wenn möglich ohne Irrsinn als Zugabe.

»Bitte, du darfst nicht einfach so herkommen.«

»Was machst du denn für ein Theater? Ist doch nichts dabei.«

»Niko, meine Eltern sind da echt schwierig. Das verstehst du nicht.«

»Du kannst auch jederzeit zu mir mitkommen.«

»Ich bin krank, Niko. Falls du das vergessen hast.«

»Hab ich nicht. Deswegen bin ich ja da. Als Krankenbesuch. Schau, das hab ich dir mitgebracht.« Er kramte in seiner Hosentasche. »Streck die Hand aus. Und mach die Augen zu.«

»Du, das ist total lieb, aber jetzt ist echt nicht –«

Er hielt mir die Augen zu. Und dann spürte ich etwas Glattes, Warmes in meiner Handfläche. »Schau hin.«

In meiner Hand lag ein ovaler, glatt polierter Stein. Das Licht schien sich in ihm in kleinen Regenbogen zu brechen, als würde er ein kleines Universum beinhalten, umrahmt von milchiger Substanz.

»Ein Mondstein«, sagte Niko. »Ich hab ihn von meiner letzten Reise mitgebracht. Für dich.«

»Da hast du mich doch noch gar nicht gekannt.«

»Aber ich hab mir gedacht, wenn ich ein Mädchen kennenlerne, das ganz toll ist, dann schenke ich ihr den. Damit sie an mich denkt.«

Ich schloss die Finger um den Stein, der noch Nikos Temperatur trug. Ich konnte nicht einmal Danke sagen, nur schweigen.

Oben knallte eine Tür. Und dann hörte ich die Stimmen meiner Eltern. Und das Mädchen, das ihnen höflich einen guten Tag wünschte. Bald würden sie vor unserem Haus ankommen.

»Du musst gehen, sofort«, sagte ich. Ein Teil von mir wollte Niko noch nicht loslassen. Jetzt nicht und auch später nicht. Nie wieder.

Er umarmte mich nochmals. Meine Knie gaben ein bisschen nach. Aber vielleicht kam das auch von den Medikamenten.

Ich versuchte zu lächeln. Der Versuch gelang nur halb.

»Was ist los?«

»Nichts. Meine Eltern spinnen.«

Er hatte ja keine Ahnung, welche Szenen sich bei meinem Großvater abspielten – früher, heute und mit Sicherheit auch in der Zukunft.

Die Gartentür schlug hinter Niko zu. Meine Bluse klebte schweißgetränkt auf meinem Rücken, meine Lippen kribbelten noch immer von seiner Berührung. Und in meinem Bauch kämpften Schmetterlinge mit stachligen Dinosauriern aus Eis. Die Saurier gewannen.

Meine Eltern tauchten zwischen den Rosenhecken auf. Meine Mutter hatte verweinte Augen. Die Wimperntusche war verschmiert. Mein Vater war blass. Sie sahen mich nicht. Sie sahen vermutlich gar nichts.

»Alice«, rief meine Mutter, als sie die Haustür öffnete.

Ich duckte mich hinter einen Strauch.

»Lass sie«, zischte mein Vater. Diese Stimme hatte er meistens, wenn wir vorher bei Großvater gewesen waren. Kalt, aggressiv, gepresst. »Du gehst mir so auf die Nerven mit deiner Überfürsorglichkeit. Reiß dich doch mal zusammen! Erst der Alte und jetzt noch du mit deiner ewigen Hysterie! Du brauchst eine andere Beschäftigung.

Außer Shoppen und Herumheulen machst du ja nichts.« Er stampfte auf, fast so intensiv, wie Großvater mit seinem Stock auf den Boden schlug.

Meine Mutter schloss die Tür hinter sich.

Mein Vater riss sie wieder auf und folgte ihr mit fahrigen Bewegungen.

* * *

Ich hebe die nächste glänzende Scherbe auf. Wenn man vorsichtig genug ist, kann man auch richtig scharfe Gegenstände anfassen, denke ich mir. Kleine Glaspartikelchen lösen sich ab und fallen in silbernem Konfettireigen zu Boden. Ich füge sie zu den anderen und blase den schillernden Staub von meinen Fingern. Es sind feine Glassplitter darunter, die sich in meinem Daumen festsetzen. Wird noch länger wehtun.

8. SPIEGELSCHERBE

BRUCHSTELLE

Die nächste Woche pendelte sich ein zwischen glückstrunkener Euphorie und panischer Angst.

Wenn Niko in meiner Nähe war, bedachte Rosa ihn mit wütenden Blicken, hielt aber zu mir Abstand und ärgerte andere. Die Klasse sah zu und machte nichts. Ich auch nicht. Ich konnte nicht. Und ich wollte nicht. Immerhin hatten diese Schweinebacken genauso wenig für mich getan. Warum sollte ich edler sein als sie, die mich erneut sofort im Stich lassen würden? Aber Niko war nicht immer da. Und sobald er wieder einmal fehlte, geriet ich erneut in Rosas Schusslinie. Mehrmals hatte sie schon meine Tasche aus dem Fenster geworfen. Und sich nachher die Hände desinfiziert. Ich hatte das deutliche Gefühl, dass sie das Fläschchen mit Desinfektionsmittel nur und ausschließlich dabeihatte, um mich so richtig zur Schnecke machen zu können. Ich träumte davon, es ihr eines Tages über dem Kopf auszuleeren, auch auf das Risiko hin, dass sie es in ihre widerlichen Augen bekam.

Wenn Niko nicht zur Schule kam, fühlte sich die Leere neben mir konkreter an. Es fehlte etwas, von dem ich vor Kurzem noch nicht einmal gewusst hatte, dass es existierte. Und da ich nie wusste, ob er auftauchen würde oder nicht, wusste ich auch nie, welche Art Schultag es werden würde.

Wenn er auftauchte, lachte ich so viel wie noch nie. Wir hingen in der Cafeteria ab. Wir schlenderten gemeinsam zum Bus. Wir kauften uns Kirschen und spuckten die Kerne neben die Bushaltestelle, bis wir Bauchweh bekamen. Unser gemeinsamer Heimweg wuchs mir ans Herz. Ich war nicht mehr allein. Ich hatte jemanden, dem ich erzählen konnte, was mir wichtig schien. Was mir im Rahmen des Erlaubten wichtig schien. Ich gewöhnte mich liebend gern an das Gemeinsame mit Niko. Wie gerne hätte ich ihn mit nach Hause genommen, meine ganze freie Zeit mit ihm verbracht …

Ich suchte nach einer Gelegenheit, Niko meinen Eltern vorzustellen. Irgendwann, hoffte ein Teil von mir, irgendwann würde es vielleicht gehen. Klar, ich könnte ihn auch einfach weiter verheimlichen, wie ich es jetzt gerade tat. Aber dann war unsere gemeinsame Zeit so begrenzt, dass es wehtat. Wenn ich daran etwas ändern würde, würde meine Mutter misstrauisch. Ich hoffte also in einem naiven Winkel meines Bewusstseins durchaus darauf, diesen Zustand zu legalisieren. Und gleichzeitig war das so unfassbar unwahrscheinlich. Das verursachte mir Angstschweiß, und ich verwarf jede Situation, die sich dafür anbot, gleich wieder.

Ich ging mit Mutter ins Theater. Ihn da mitnehmen? Eine kurze Visualisierung von meiner aufgeputzten Mutter und Niko mit seinen verknitterten Holzfällerhemden und Grasfleckenjeans genügte. Kam nicht infrage. Vielleicht eine Einladung in ein Café? Er würde sich ein Bier bestellen. Und sich damit aus dem Spiel nehmen, sofort. Die Hemden wären auch da immer noch ein Problem. Mit meinen Eltern spazieren gehen? Sie würden ihn nach seinen Eltern fragen. Was immer er erzählen würde, bedeutete das Ende dieses Treffens. Egal was er anschnitt. In den Augen meines Vaters war Niko vermutlich schon erledigt, bevor er sich erklären konnte. Wie ich es auch drehte und wendete, ich landete immer bei der Erkenntnis, dass unsere Welten inkompatibel waren, welche Schnittstellen ich auch aus dem Hut zaubern würde.

Die andere Seite des Problems: Niko wollte mich besuchen. Wollte wissen, wie ich lebte. Wollte mich zu sich nach Hause mitnehmen. Ich hielt ihn einige Zeit hin, und als er nachbohrte, nannte ich ihm nur einen dezenten Bruchteil meiner Bedenken.

Niko lachte darüber.

»Du machst dir viel zu viele Gedanken. Es gibt nichts, was nicht irgendwie doch funktioniert.«

»Ach ja?«

»Klar.«

»Wieso bist du dann sitzen geblieben?«

»Weil ich nicht wollte, dass es funktioniert. Großer Unterschied.«

Wir schlenderten von der Schule weg. Auf dem Weg lag eine Eisdiele.

»Essen wir noch ein Eis?«, fragte er mich.

»Ich muss eigentlich direkt heim. Aber okay. Ein Eis müsste schon drin sein.«

Die Sonne knallte auf den Asphalt, wir zogen unsere Jacken aus. Vor dem Eisladen hatte sich eine ziemlich fette Schlange gebildet. Wir reihten uns ein. Die Schlange bewegte sich nur langsam vorwärts.

»Ich will vier Kugeln«, teilte mir Niko ungeniert mit.

Wir hielten uns an den Händen. Er beugte sich zu mir hinunter und küsste meinen Nacken.

Ich fühlte mich unglaublich stolz. Ich wollte, dass die ganze Welt uns sah.

Mitten in meine Wünsche quietschten Reifen. Neben uns hielt das Auto meines Vaters. Das Fenster glitt herunter. »Verdammt noch mal! Alice! Ich wollte dich doch abholen! Wer ist das?!«

Ich erstarrte zur Salzsäule. Stimmt. Heute war ein Ausflug angesagt. Und ich hatte es komplett verschwitzt.

Niko hob betont lässig die Sonnenbrille. »Was für ein Schlitten«, sagte er anerkennend. Und dann: »Kann ich mitfahren?«

Mein Vater lief puterrot an. Es war aus. Erledigt. In einer Sekunde.

9. SPIEGELSCHERBE

ECHOS HINTER GLAS

Durch die spiegelnde Fensterscheibe kann man einen Tanz in der Küche beobachten.

»Wie hast du diesen dahergelaufenen Proleten bloß an dich heranlassen können! Bestimmt hat er Drogenprobleme. Und wie er aussieht! Ungepflegt! Heruntergekommen! Weißt du nicht, wer du bist? Wo du herkommst? Bestimmt ist er nur auf dein Geld aus. Bestimmt.«

Sie weint, sie tobt das erste Mal in ihrem Leben. »Er beschützt mich! Er hilft mir! Wenn es sonst schon niemand tut!«

Die Eltern weichen überrascht vor ihr zurück. Sein Gift rinnt ja schon durch ihre Adern! Noch nie hat sie sich so danebenbenommen! »Was denkst du dir bloß dabei! Diese Schule ist nicht gut für dich! So geht es jedenfalls nicht weiter!«

Sie verschanzt sich in ihrem Zimmer. Der Vater reißt die letzte Barrikade ein, die noch zwischen ihr und seinem Zorn steht, und versucht, diese verdammte Tür aufzudrücken. Sie stürmen in ihr Zimmer. Das haben sie noch nie gegen ihren Willen getan. Ihr letztes, ihr heiliges Rückzugsgebiet: geplündert, entweiht, zertreten. Sie weicht zum Fenster zurück. Sie brüllen, sie verfolgen einander von einem Zimmer ins andere.

Die Mutter wittert Gefahr, der Vater Kontrollverlust. Die einzige Kontrolle, die er hier ausüben kann: über Kind und Frau. Die einzige Kontrolle, die die Frau ausüben kann: über sich und das Kind. Derjenige, der alle Fäden in Händen hält, ist nicht dabei. Das ist auch gar nicht nötig. Seine Macht ist in diesem Haus allgegenwärtig.

Sie machen das Licht an, aber das vertreibt die Düsternis nicht, die sich in den Ecken des Hauses angesammelt hat, in den Winkeln hinter der Treppe, in den Schatten über den Lüstern. Sie wandern durch diese Finsternis wie durch ein verfluchtes Moor. Das Unwetter, das in der hübschen Villa tobt, ist ein Meeressturm, und das Boot des Familienlebens wird bedenklich von Sturmwelle zu Sturmwelle geworfen. Es herrscht erhöhte Gefahrenstufe: Jemand ist dem Geheimnis, das zu wahren ist, viel zu nahe gekommen. Da wird alles in die Waagschale geworfen, das mobilisiert werden kann, von allen Seiten. Ach, es ist vergebens. Was immer die Eltern klären wollen: Es ist bereits zu spät.

Nachdem das Donnerwetter sich gelegt hatte, schlich ich in den Garten hinaus. Nie war mir mein Zuhause weniger wie ein Zuhause erschienen als an diesem Abend.

Meine Mutter weinte dramatisch im Schlafzimmer. Das Gebrüll meines Vaters hallte in meinen Ohren wider. »Bis sie die Schule wechselt, holst du sie jetzt jeden Tag nach Unterrichtsschluss ab! Du hast sowieso den ganzen lieben Tag nichts Sinnvolles zu tun!« Meine Mutter schluchzte so laut, dass ich es bis in die Rosenbüsche hören konnte, hinter denen ich mich versteckt hatte.

Kurz darauf warf mein Vater die Eingangstür mit einem Fluch auf den Lippen hinter sich zu und fuhr mit quietschenden Reifen davon.

Der Umgang mit Niko war mir jetzt offiziell untersagt. Und ein Schulwechsel angekündigt. Früher hätte ich mich über diesen verdammten Schulwechsel gefreut. Jetzt natürlich nicht mehr.

Ich saß da und ballte die Hände zu so festen Fäusten, dass meine Nägel rote Linien in die Haut zeichneten.

Niko rief an. Ich wollte nicht rangehen, solange ich weinte. Ich sah seiner blinkenden Nummer zu und zog den Rotz hoch.

NIKO: Hey! Wir wollten doch noch quatschen! Du fehlst mir.

In mir erwachte eine unglaubliche Widerspenstigkeit. Ich hatte genug. Genug vom Schweigen, vom Lügen, Weinen, Täuschen und Schauspielen. Ich war nicht mehr bereit, weiter mitzumachen. Ich war nicht mehr bereit, mich wieder in mein Insektenglas mit den Luftlöchern zurücktreiben zu lassen. Der Sprung im Glas zog sich in tausend kleinen Verzweigungen über die glatte Oberfläche unserer Familienshow. Ich hatte den Geschmack davon auf den Lippen, was echt gewesen war. Ich kannte nun das, was sich Nähe nannte. Das mich berührte.

NIKO: Alles okay?

ALICE: Nein. Meine Eltern sind durchgedreht. Wegen dir.

NIKO: Ich hol dich ab.

Ich zögerte nur kurz.

ALICE: Okay.

Mir war klar, dass ich einen Verrat an meinen Eltern beging, ich brach das ungeschriebene Gesetz und die unsichtbare Kuppel, die unsere Familie umgab. Ich ließ ihnen keine Chance, zu einer gemeinsamen Lösung zu kommen. Aber diese Chance hatten sie mir auch nicht gegeben.

Mein Herz raste, es klopfte mir bis zum Hals. Meine Hände schweißnass. Ich kauerte hinter dem Schrank im Vorzimmer. Auf Zehenspitzen, nur mit Socken, bin ich zuvor die Treppe heruntergeschlichen. Wie ein Dieb mitten in der Nacht. Wobei die üblicherweise nicht in Socken unterwegs sind.

Ich horchte, ob sich irgendwo etwas regte. Nie hätte ich gedacht, dass es so viele Geräusche im Haus gab, wenn alles still schien. Das Surren des Kühlschranks. Das Knarren einer angelehnten Tür. Der hohe Ton, den die Stereoanlage im Stand-by-Modus verursachte. Leise wie eine lästige Mücke. Diese Geräusche waren nicht genug. Sie boten keinen Schutz. Was, wenn meine Eltern mich hörten?

Mein Rucksack war gepackt. Nicht besonders viel, nicht besonders gut geplant. Wahllos hatte ich hineingestopft, was mir unter die Hände gekommen war: Jeans, ein paar T-Shirts, ein Kleid. Ein Paar Schuhe. Wimperntusche. Meine Jacke. Das Ladegerät. Schulsachen. Mein Notizbuch. Meinen Laptop. Der Rucksack war schwer. Und je länger ich da kauerte, desto schwerer wurde er. Wie mein bisheriges Leben hier, ein Gewicht, das mich festhalten sollte.

Im Schlafzimmer brannte Licht. Mein Vater schnarchte so laut, dass ich ihn noch im Flur hörte. Also war nur noch meine Mutter wach. Die mir vor einigen Stunden pflichtbewusst einen Gutenachtkuss auf die Stirn gedrückt hatte. Mit einem Gesichtsausdruck, der mich immer an die guten Feen in Märchenfilmen erinnerte. Hochgezogene Augenbrauen, gespitzter Mund.

Zwischen mir und der Haustür waren nur noch ein paar Meter. Der Riegel war vorgeschoben. Das würde mich ein bisschen Zeit kosten. Der Moment, in dem der dicke Barren zurückgeschoben wurde, war der gefährlichste Moment. Das Sicherheitsschloss knarrte, wenn man es aufsperrte. Und die Tür, die hinter mir zufallen würde, könnte auch Aufmerksamkeit auf sich ziehen.

Ich hörte Schritte. Sie war wieder aufgestanden. Hoffentlich nicht wegen mir.

Ich hielt den Atem an.

Oben wurde ein Fenster geöffnet. Sie spürt was, dachte ich. Das, oder mein Vater hatte wieder heimlich im Schlafzimmer geraucht.

Ich wartete.

Dann hörte ich das Bett erneut quietschen. Gut.

Mein Handy vibrierte. Ich erlitt augenblicklich einen weiteren Schweißausbruch. Dabei hatte ich es vor Stunden lautlos gestellt. Niko stand draußen. Allein dieser Gedanke, dass jemand vor dem Haus auf mich wartete, im Regen, um Mitternacht, ließ mich zittern. Vor Freude. Vor Angst. Vor allem, das jetzt kam.

Ich schnappte mir meine Stiefel, die festesten und bequemsten, die ich hatte – schönes schwarzes Leder –, wagte jedoch nicht, sie anzuziehen. Ich musste lautlos sein. Unter dem Radar meiner Mutter fliegen. Es gibt Flugzeuge, die das können, die sind mit dem tiefsten Schwarz überhaupt beschichtet. Vantablack. So dunkel, dass es kein Licht reflektiert. Unsichtbar im Dunkeln. Oder im Weltall. Ich war ein mit Vantablack getarntes Objekt, und ich flog.

Jetzt. Oder nie.

Meine Hände zitterten so, dass mir der Schlüssel fast hinunterfiel. Natürlich ratterte der Riegel, so wie ich befürchtet hatte. Im Schlafzimmer quietschte es erneut. Ich schob die Tür auf, mein Brustkorb war ein Gong, in dem der Herzschlag bis in die Ohren dröhnte.

Ich stand auf der Schwelle dessen, was zuvor mein Zuhause gewesen war. Oder eben nicht. Aber das alles hier, das war, was ich kannte. Was mich begleitet hatte. Nicht wie ein guter Freund, aber wie ein verlässlicher Bekannter. Ein manchmal wirklich bescheuerter verlässlicher Bekannter. Und manchmal ein grausamer Fremder. Sobald ich meinen Fuß über diese Schwelle setzte, war das alles vorbei. All die schmerzhaften Dinge hätten ein Ende. Meine Angst. Meine Sicherheit. Egal.

Ich spähte noch einmal in die Finsternis unseres Gartens. Der Magnolienbaum schüttelte seine Äste. Die Blüten waren schon längst herabgefallen. Lagen traurig als vertrockneter Mantel um den Fuß des Baumes. Aber nicht lange, Mama mochte nichts Verwelktes in ihrer Nähe haben. Adieu, Magnolienbaum. Tschüss, Schwimmbecken mit den türkischen Kacheln. War schön mit euch. Schön war es auch mit dem gut gefüllten Kühlschrank. Ich hätte euch gern mit Niko geteilt. Aber allein wollte ich euch nicht haben.

Ich holte tief Luft. Sie roch nach Feuchtigkeit und nach Regen, ein bisschen nach Ozon, aber das Gewitter war schon länger vorüber. Die Backsteine, die den Weg zum Zaun bildeten, waren kalt. Die Tür fiel hinter mir ins Schloss. Schnitt alles ab, was meine Vergangenheit ausmachte. Schnitt mein ganzes altes Leben von mir ab, und ich wunderte mich kurz, warum es nicht wehtat, so als hätte jemand eine Schicht von mir abgeschnitten. Wie ein Stück Lyoner. Sehr dramatisch. Ich neigte neuerdings zu Dramatik. Apropos Dramatik: Fast unmittelbar darauf erschien ein Rechteck aus Licht auf dem Rasen. Ich erstarrte.

Das Fenster über mir ging auf. »Wer ist da?« Die Stimme meiner Mutter klang ängstlich. Leise. Vielleicht wagte sie es nicht, meinen Vater zu wecken.

Arme Mama, dachte ich. Und gleich darauf: selber schuld. Dann lief ich los.

Das Gras war feucht, und meine Socken gleich darauf auch.

»Hallo? Ist da wer?«

Wenn ich mich umdrehe, hat sie mich, dachte ich, hat mich wie in diversen Märchen. Ich drehte mich nicht um. Ich war schon knapp an der magischen Grenze, an diesem Punkt, an dem es kein Zurück mehr gibt, am Gartentor. Meine Finger legten sich um den Schmiedeeisengriff. Jetzt erwischten sie mich nicht mehr. Zu spät.

Hinter dem Gitter sah ich Niko stehen. Mit durchweichter Jeansjacke und ebenso durchweichten Sportschuhen. Hände in den Taschen. Lächelnd. Er streckte die Arme aus. Meine Finger lösten sich vom Metall und griffen in seine. Es fühlte sich an wie für mich gemacht. Diese Art, wie seine Haut auf meiner aufkam. Unsere Finger waren fast gleich dünn, fast gleich lang, fast gleich klamm, aber wir wärmten uns schnell.

»Lass bloß nicht los«, flüsterte ich.

»Blöd werd ich sein«, sagte er und nahm mir den Rucksack ab. Küsste mich.

Honigsüße im Mund, Eiszapfen in der Magengrube.

In dem Moment rief meine Mutter nochmals. Wir fuhren auseinander, als hätte sie das Ende eines Zauberbanns herbeigekräht. Sahen uns erschrocken an. Und wir rannten. Hand in Hand. Um die nächste Ecke. Und um die übernächste. Vorbei an der Busstation. Am Café, in dem ich früher immer allein herumgesessen hatte. Jagten die kleine Gasse hinunter, die zum Park führte. Atemlos. Hinter uns bellte ein Hund, andere in den Villen rundum antworteten ihm. Wir rannten den Hunden davon. Ins noch tiefere tintenschwarze Dunkel des Parks hinein. Hinter einem Busch blieben wir endlich stehen. Wir rangen nach Luft.

»Gehst du immer in Socken auf Weltreise?«, fragte Niko mich ganz außer Atem.

Ich zog die triefend nassen Socken aus und schlüpfte in die Stiefel.

Wir hakten uns unter, liefen bis zur nächsten größeren Einkaufsstraße und nahmen uns ein Taxi. Wir ließen uns auf die Ledersitze fallen.

»Los, fahren Sie!« Niko machte einen auf Detektivfilm.

»Schnell«, fügte ich an. Und wir lachten.

Der Wagen setzte sich in Bewegung. »Und? Wohin soll's gehen?«, fragte der Fahrer ungeduldig.

Da blieb mir das Lachen im Hals stecken. Ich wusste es nicht.

Niko nannte eine Adresse, der Wagen beschleunigte.

Mir wurde klar, dass ich rein gar nichts wusste. Weder, wohin wir unterwegs waren. Noch, wie es weiterging.

Niko legte seinen Arm um meine Schultern.

Ich sah aus dem Fenster und starrte in die fremde neue Nacht hinaus. Fremde neue Straßen. Fremde neue Sterne.

Wir hielten vor einer hohen Thuja-Hecke, die aussah wie ein grüner Wall. Das Gartentor quietschte.

»Hereinspaziert«, sagte Niko.

In dem kleinen Hof standen zwei Motorräder, eines verrosteter als das andere. Ein Licht über der Tür ging an. In den Fenstern hingen rosa geblümte Vorhänge, die mich an mein Puppenhaus erinnerten. Nur dass mein Puppenhaus irgendwie eleganter gewirkt hatte. Die Motorräder und die Blümchen passten absolut nicht zueinander, bis auf die Tatsache, dass beides irgendwie etwas schäbig aussah. Es war mir total egal. Ich würde Niko in den Abgrund folgen, wenn es notwendig wäre.

»Wir müssen leise sein, meine Mutter schläft schon«, flüsterte er, als er mich hineinließ.

»Und dein Vater?«

»Der ist weggefahren. Hat es nicht mehr ausgehalten.«

Ich folgte ihm auf Zehenspitzen.

»Er braucht ab und zu seine Freiheit«, fügte Niko an, als ob das alles erklären würde. Er knipste das Licht an, ich kniff die Augen zusammen.

Auf dem Boden lag eine Matratze mit buntem Bettzeug. Der Tisch quoll über von Papieren und Buntstiften und Farbpaletten.

Man konnte keinen Zentimeter Oberfläche mehr erkennen. Das Zimmer war klein und ein wenig stickig.

Niko setzte meinen Rucksack ab.

Ich musste husten. Die Kälte war mir in die Knochen gekrochen.

»Ich mach dir einen Tee«, sagte Niko und verschwand.

Ein bisschen ratlos setzte ich mich auf sein Bett. Auf dem Boden waren Skizzen verstreut. Ich griff nach der ersten. Und blickte in mein Gesicht. Er hatte alles erwischt, meinen Blick – ein wenig unsicher, beobachtend. Meine Haare. Die Linie meines Mundes. Ich hielt einen Papierspiegel in meinen Händen.

»Ich hab geübt«, sagte Niko, als er mit einer riesigen gepunkteten Keramiktasse zurückkam. »Ich wollte es dir eigentlich noch nicht zeigen.«

Noch nie hatte mich jemand gezeichnet. Und noch nie hatte sich jemand die Mühe gemacht, mich so genau zu beobachten.

Er setzte sich zu mir und legte den Arm um mich. Es fühlte sich an wie eine schützende Kuppel, die sich um mich schloss, ein Kokon, ein Schild gegen alles. Der Tee wärmte schnell. Seine Lippen schmeckten, und seine Hände wärmten noch besser.

Die Sonnenstrahlen, die durch das Fenster hereinfielen, weckten mich. Ich griff neben mich – kein Niko. Angst überkam mich. Ich lag in einem wildfremden Zimmer, in einem Teil der Stadt, den ich nicht kannte, in Kleidung, die mir nicht gehörte. Ich griff nach meinem Handy: Es war erst sechs Uhr früh. Auf dem Display wurden mehr als zwanzig Anrufe angezeigt. Meine Mutter. Mein Vater. Die Nummer meines Großvaters war nicht darunter. Sie hatten ihm natürlich noch nichts gesagt. Verständlich. Das Donnerwetter wäre gewaltig gewesen. Während ich noch hinsah, leuchtete eine Textnachricht von meiner Mutter auf.

MAMA: Schatz, bitte melde dich.

Ich wog das Handy in der Hand. Es war plötzlich tonnenschwer. Ich stellte mir vor, wie sie in meinem Zimmer auf und ab ging. Nachsah, was ich mitgenommen hatte. Meinen Zettel in der einen Hand. *Ich gehe. Macht euch keine Sorgen. Mir geht es gut.* Das Handy in der anderen. In der Hoffnung auf Antwort. Ich fühlte mich wie eine grausame Verräterin.

ALICE: Mir geht's gut.

Die Tür ging auf.

Ich ließ die Hand mit dem Handy sinken und lächelte. Doch statt in Nikos vertrautes Gesicht sah ich in das einer großen, hageren Frau. Sie hatte ihre grauen Haare zu einem strengen Knoten gebunden. Das sah ziemlich altmodisch aus. Der Mund hatte einen frustrierten Zug, rechts hing er tiefer als links. Dasselbe intensive Blau der Augen wie bei Niko. Das hatte er also von ihr. Sie wirkte deutlich älter als meine Mutter und ungeschminkt. Im Ausschnitt ihres weiten, dunkelblau geblümten Kleides baumelte ein goldenes Kettchen.

Ich zog die Decke hoch wie einen Schild.

Sie lächelte mit Verspätung. »Guten Morgen«, sagte sie und seufzte. »Niko! Was soll das?«

»Das ist Alice«, ertönte Nikos Stimme. »Bin gleich da!«

»Guten Morgen«, sagte ich.

»Guten Morgen«, wiederholte seine Mutter und lächelte diesmal zeitgleich.

Beim Frühstückstisch sprach Niko so viel wie noch nie. Vom alten Fahrrad, dessen Reifen er gerade für mich aufgepumpt hatte. Von den Bildern von mir, die er noch malen wollte. Wie gut ich in der Schule war. Dass ich auch schon viel gereist sei. Nach England. Es klang ein wenig verzweifelt.

Seine Mutter saß uns gegenüber, nippte an ihrem Tee und schwieg. Und je mehr sie schwieg, desto mehr quatschte er. Schließlich seufzte sie, stand auf, nahm das Tablett mit den Müslischalen und Kaffeetassen hoch und sagte: »Ihr kommt zu spät.«

Niko warf sich die Schultasche über die Schulter. »Wir fahren mit den Rädern.«

Ich bedankte mich mehrmals, als wir gingen.

Während wir in die Pedale traten, wusste ich nicht, was ich sagen sollte.

Niko war ein bisschen niedergeschlagen. »Tut mir leid«, sagte er. »Sie ist manchmal so. Vor allem, wenn mein Vater weg ist. Das wird schon. Ich muss ihr nur irgendwie beibringen, dass du länger bleibst.«

»Du hast ihr nichts gesagt?!«

Er grinste. »Besser in Scheibchen.«

»Und was ist, wenn sie das nicht will? Schaut nämlich ganz so aus.«

»Wo sollst du denn sonst hin?«

Ich schwieg.

Die Schule tauchte vor uns auf. Ein lächerliches Stückchen gewohntes Leben.

»Hast du dich eigentlich bei deinen Eltern gemeldet?«

»Ja.«

»Und? Was sagen sie?«

»Dass ich heimkommen soll.«

»Und was willst du?«

»Ich will …« Ich stieg ab. »Ich will bei dir sein.«

»Trifft sich. Ich will das nämlich auch.« Er umarmte mich fest. Ich drückte meine Wange in seinen kratzigen Pullover. Einige Mitschüler beobachteten uns aus der Ferne. Ich fühlte mich gleichzeitig unglaublich stolz und unglaublich unsicher.

Auf meinem Handy trudelte eine Nachricht meines Vaters ein.

PAPA: Ich komme jetzt in die Schule.

ALICE: Nicht nötig. Ich komme am Nachmittag heim.

PAPA: Das will ich hoffen. Ich warte.
Das wird Konsequenzen haben.
Deine Mutter hat kein Auge zugetan.

Niko sah über meine Schulter zu. »Im Ernst?«, fragte er stirnrunzelnd.

»Natürlich nicht.«

»Du bist echt gut.« Er sah mich anerkennend an. »Wär mir nicht eingefallen.«

»Ich bin es gewohnt, auszuweichen«, sagte ich. Ich fühlte mich wie ein Fechter, der so spontan wie geübt auf die Schritte seiner Gegner reagieren muss, wenn er gewinnen will. Es fühlte sich vertraut an. In einer unangenehmen Art vertraut.

Niko kettete unsere Räder aneinander und steckte den Schlüssel ein.

Ich hatte Kontrolle über: exakt nichts.

Ich ließ den Schultag an mir vorbeirieseln, die Stunden umspülten mich und hinterließen keinerlei Erinnerung. Ich zwang mich, nicht auf mein Handy zu sehen. Niemandem schien mein Stress aufzufallen, nur die Deutschlehrerin, die mich gernhatte, war unzufrieden mit meiner abwesenden Art und rügte mich. Sonst war in jeder ihrer Stunden auf mich Verlass gewesen. Heute nicht.

Als es nach Schulschluss läutete, traute ich mich nicht raus. Vielleicht war ich ja doch nicht so schlau gewesen, und mein Vater parkte da draußen.

Niko ging vor. »Kein Porsche meilenweit«, rief er. »Und kein reicher Blödmann. Komm schon!«

Ich musste schlucken. Ein reicher Blödmann, das war ich eigentlich auch. Ich schob den Gedanken weg. »Das mit dem Texten wird nicht auf ewig funktionieren. Wir müssen uns was Besseres überlegen.«

»Was?«

»Ich hab noch keine Ahnung.«

Ich hatte noch etwas Zeit. Am Nachmittag hatten wir eigentlich Sport, der heute jedoch ausfiel, und mein Vater würde mich erst in zwei Stunden zu Hause erwarten.

Schweigend radelten wir zu Niko. Im Hof hing neben den Motorrädern strahlend weiße Wäsche zum Trocknen. Nikos Mutter stand in der Küche, vor ihr ein dampfender Eintopf. Es roch nach Gewürzen und geschmortem Fleisch. Erst jetzt merkte ich, wie hungrig ich war. Auf dem Tisch standen drei Teller.

Sie sah kurz auf. »Niko hat gesagt, dass du mitkommst zum Essen.«

»Danke schön.«

»Alice schläft heute noch mal hier«, verkündete Niko.

Seine Mutter runzelte die Stirn. »Aber im Wohnzimmer. Und

nur diese eine Nacht. Das ist mein letztes Wort, Niko.« Sie schaufelte mir eine riesige Portion auf meinen Teller. »Wissen deine Eltern, wo du bist?«

»Natürlich«, kam Niko mir zu Hilfe. »Sie sind für eine Woche weggefahren. Und Alice hat Angst allein im Haus.«

»Hat sie keine Verwandten?«

»Ihre Familie ist erst vor Kurzem hergezogen.«

Nikos Mutter seufzte.

Wir räumten die Teller ab.

»Ich richte dir dein Bett, Alice«, sagte sie. »Aber für morgen musst du dir was anderes überlegen.«

Während sie im Wohnzimmer mit den Leintüchern hantierte, gingen wir in Nikos Zimmer.

»Ich krieg das hin morgen«, sagte er. Und grinste. »Ich hab das alles im Griff.«

Mein Handy vibrierte.

PAPA: Es ist 18 Uhr. Du bist nicht da.
Ich gehe zur Polizei.

Mein Herz setzte kurz aus, so als ob es sich zwischen zwei Schlägen überlegen würde, ob es nicht vielleicht einfach aufgeben und sich eine Auszeit nehmen sollte. Dann beruhigte ich mich wieder. Das würde er nicht wagen. Nicht bei unserer auf Hochglanz polierten Fassade. Die würde er nicht riskieren wollen. Nicht mal für mich.

ALICE: Mach das. Dann sag ich alles. Alles.

Es kam keine weitere Nachricht.

»Und was tust du jetzt?«, fragte Niko.

»Nichts. Das traut er sich nie.«

Er sah mich forschend an. »Warum nicht? Hat er etwas auf dem Kerbholz oder ein krummes Ding gedreht?«

Ich dachte an das Gebrülle, an den silbernen Stock meines Großvaters, an die Tränen meiner Mutter. Und schüttelte den Kopf. Nein. Das, was da gedreht wurde, war bestimmt kein krummes Ding. Nicht nach Auffassung der Allgemeinheit jedenfalls.

»Du brauchst dich nicht schämen«, sagte Niko. »Und du brauchst keine Angst zu haben.«

Ich schwieg.

»Ich bin bei dir, okay?«

»Okay.«

»Du kannst es mir irgendwann erzählen, wenn du magst.«

»Irgendwann.«

Meine Eltern meldeten sich nicht mehr. Schließlich hörte ich auf, auf eine Nachricht von ihnen zu warten. Irgendwann spielten wir ein dummes Kartenspiel, immer und immer wieder. Irgendwann wurde ich müde. Ich kroch auf das Sofa im Wohnzimmer und wickelte die Decke fest um mich. Nachdem im ganzen Haus das Licht aus war, hörte ich im Halbschlaf, wie Niko zu mir geschlichen kam. Um fünf läutete sein Wecker, und er verzog sich wieder. Um sechs stand seine Mutter auf, lief im Morgenmantel durch das Zimmer und riss die Vorhänge auf.

Es folgte ein weiterer absurder Schultag, während dem ich mir den Unmut einiger Lehrer zuzog, da ich minütlich erwartete, dass mein Vater zur Tür hereinplatzen würde. Er kam nicht.

In der Pause nach der Philosophiestunde nahm mich Herr Gerber beiseite. »Ist etwas passiert?« Er zwirbelte nervös an seinem Bart.

»Nein.«

»Ich merke doch, dass es dir nicht gut geht.«

»Alles wunderbar«, log ich.

Er sah mich durchdringend an. »Wenn du Hilfe brauchst, findest du mich hier.« Er drückte mir eine Visitenkarte aus Ökokarton in die Hand. Ich steckte sie gedankenverloren in die Hosentasche und vergaß sie sofort.

Als wir nach Schulschluss zurückkamen, war Nikos Mutter nicht da. Auf dem Küchentisch lag ein Zettel. Niko las ihn, runzelte die Stirn und warf ihn in den Müll.

»Was steht drauf?«

»Nicht wichtig. Hast du Hunger?«

»Ein bisschen.« Das war gelogen, mir war schlecht vor Sorge. Aber ich würde nicht weiter nachbohren.

Er wärmte das Essen auf. Wir stocherten angespannt darin herum. Mit wachsender Unruhe merkte ich, dass Niko genauso nervös war wie ich. Das schoss mich aus dem Orbit. Bis jetzt war Niko immer so optimistisch gewesen. Als er aufs Klo ging, ging ich zum Mülleimer.

Auflauf steht im Ofen. Ich erlaube dir nicht, jemanden ungefragt mitzubringen über so lange Zeit. Das kommt nicht infrage.
Bin um 17.00 Uhr wieder da. Es tut mir leid.

Niko nahm mir den Zettel aus der Hand. »Lies das doch nicht.«

»Was heißt: *Lies das doch nicht*? Was sollen wir jetzt machen? Deine Mutter will mich nicht hier haben!«

»Sie spinnt immer bei Mädchen.«

»Hast du schon öfter jemanden mitgebracht?« Ich hätte mir auf die Zunge beißen können, aber es war zu spät.

Niko verdrehte die Augen. »Ab und zu.«

Ich starrte auf die Tischplatte.

Er ergriff meine Hand. »He, das wird schon. Es wär leichter, wenn Papa hier wäre. Aber: hätte, hätte, Fahrradkette. Lass mich nur machen.«

Ich wollte mich nicht aufdrängen, aber ich wollte auch nicht klein beigeben und zu meinen Eltern zurückkriechen wie ein geschlagener Hund und dort der Folgen meiner Frechheiten harren. Hinters Glas zurückkriechen. Allein. Ohne Niko.

»Wir haben eine Stunde Zeit«, sagte ich. »Dann muss ich wissen, was ich mache. Und du wohl auch.«

»Machen wir ein Brainstorming.« Er legte ein Blatt Papier vor meine Nase.

Ich will nicht heim, schrieb ich drauf. Ein Tränentropfen kleckste zwischen die Buchstaben und verwandelte die Schriftzüge in einen ausladenden Kraken.

Niko nahm mein Gesicht zwischen seine Hände. Stirn an Stirn. Seine Augen verschmolzen zu einem einzigen Zyklopenauge. Das Zyklopenauge sah ein bisschen verzweifelt aus. Ich schloss die Lider und seufzte meine Anspannung aus.

Wir lagen immer noch auf Nikos Matratze, als die Tür zu seinem Zimmer aufgerissen wurde.

»Niko, das geht so nicht! Das musst du doch verstehen!«

»Aber ich hab's dir doch versucht zu erklären –«

»Ich lass mir doch nicht ständig von dir auf der Nase herumtanzen! Wir haben etwas ausgemacht! Sie kann nicht hierbleiben! Das ist mein letztes Wort.« Nikos Mutter schlug die Tür zu.

Niko stürzte ihr hinterher. Sie schrien im Gang. Ich hielt mir zuerst die Ohren zu, dann begann ich fieberhaft meine Sachen, die im Zimmer verstreut lagen, in den Rucksack zu stopfen.

»Es reicht, dass dein Vater die ganze Zeit macht, was er will! Du nicht auch noch!«

»Aber Mama, Alice weiß wirklich nicht, wo sie hin soll. Ich kann sie doch nicht einfach rauswerfen.«

»Doch, kannst du.«

»Nein.«

Seine Stimme wurde plötzlich ganz fremd. Kalt. Schneidend. So hatte ich ihn noch nie gehört. Und obwohl er mich verteidigte, erschreckte mich dieser Unterton. »Ich lasse meine Freundin nicht im Stich!«

Ich zog mir die Jacke über und setzte den Rucksack auf. Öffnete die Tür.

»Lass deine Wut doch nicht immer an mir aus!«, brüllte Niko gerade. »Ich bin nicht Papa.«

Seine Mutter schnappte nach Luft.

»Es tut mir leid«, sagte ich. »Ich wollte nicht stören. Ich gehe.«

Niko griff nach meiner Hand.

»Du gehst nirgendwohin, so ganz allein.« Ich hielt seine Hand fest. »Ich gehe mit dir.«

»Das ist nicht dein Ernst, Niko.« Nikos Mutter wirkte fassungslos.

»Doch. Und ob.« Er zog mich zur Haustür. Hob im Vorübergehen seine Schultasche hoch. »Ich lasse sie nicht im Stich.«

Seine Mutter stand wie angewurzelt im Gang und sah uns nach.

10. SPIEGELSCHERBE

FLITTERWOCHEN

Wir setzten uns in ein Café in der Innenstadt. Es regnete wieder, die Straßen glänzten und zeigten eine Parallelwelt zu Füßen der Fußgänger, die mit Regenschirmen und aufgestellten Mantelkrägen an den Schaufenstern vorbeieilten. Die Straßenlichter verschwammen in den Pfützen.

Meine Sorgen wurden ab und zu von einem seltsam euphorischen Gefühl durchbrochen – keiner hielt mich mehr fest. Ich konnte gehen, wohin ich wollte. Ich konnte tun, was mir einfiel. Keiner konnte mich mehr davon abhalten.

Ein Zeitungsverkäufer trat ein, ein Windstoß feuchter Luft folgte ihm. Ich glaubte, etwas Graues an seinen Beinen vorbeihuschen zu sehen. Aber das ging so schnell, dass ich mir nicht sicher war. Ein hochbeiniger dünner Hund vielleicht.

Die Kellnerin brachte zwei dampfende Kaffeetassen, gekrönt mit Sahnehauben und Schokopulver. Wir schaufelten löffelweise Zucker hinein und hielten uns an diesen Kaffeetassen fest wie an Rettungsringen.

»Wart mal, ich muss kurz telefonieren«, sagte Niko.

Ich sah ihn vor dem Café auf und ab laufen. Wild gestikulierend. Irgendwann trat er mit voller Wucht gegen den Mülleimer an der Ecke. Zerknüllte Pappbecher flogen heraus. Er hob sie nicht auf. Steckte das Handy weg und kam zurück. »Feine Freunde«, schnaubte er. »Ich hab jeden einzelnen gefragt, ob wir bei ihnen übernachten können. Nein! Können wir nicht! Scheiße!« Er stieß meinen Rucksack zur Seite, als er sich neben mich fallen ließ.

»Macht ja nichts«, sagte ich.

Unsere Beine berührten sich. Das gab etwas Halt. Wir waren zwei Astronauten im All, deren Sicherungsleine zum Raumfahrzeug zum Zerreißen gespannt war. Wir umklammerten uns und erwarteten, jeden Moment entkoppelt und in das freie Vakuum des Weltraums geschleudert zu werden.

Ich gähnte.

»Ich kenne eine billige Pension«, sagte Niko schließlich. »Da geht mein Vater immer hin, wenn er Krach mit Mama hat.«

»Wie sollen wir das bezahlen?«, fragte ich. »Wir haben doch kaum Geld.«

»Die kennen mich, die können das meinem Vater auf die Rechnung setzen. Dann checken wir mal ein.« Er rief in der Pension an. Sie war ausgebucht.

»Mist«, sagte Niko. Genervt sah er auf sein Handy.

Seine Mutter hatte ihn schon mindestens zwanzigmal angerufen, aber er hatte es ignoriert.

»Manchmal denk ich, sie sollten sich endlich trennen. Sie machen sich kaputt.« Er nahm sein Handy und holte die SIM-Karte raus.

Ich sah ihn fragend an.

»Sonst können sie dich orten.«

»Sie werden mich nicht orten wollen«, sagte ich. Aber überzeugt war ich nicht.

»Gib her«, sagte er. Als meine Karte draußen war, brach er sie in zwei Hälften. Zack. »The point of no return.« Niko lächelte. Insgesamt wirkte er nur halb so ängstlich wie ich. Für ihn war einfach ein weiteres Abenteuer angebrochen.

Und wie machen wir das mit der Schule?, wollte ich fragen, traute mich aber nicht.

Fast, um ein Haar, wären wir uns hier begegnet. Aber ihre Verzweiflung ist nicht tief genug, nicht tief genug, um mich zu rufen. Ich kratze nur ab und zu an der Grenze ihres Bewusstseins, aber sie hört nicht einmal das. Wir leben nebeneinanderher, aber nur ich habe Sehnsucht nach ihr. Sie kennt mich nicht. Sie weiß nichts von mir. Und ich werde weiter warten. Geduldig. Bis ich gebraucht werde. Bis meine Stunde schlägt.

Irgendwann begann die Kellnerin, die Stühle auf die Tische zu stellen, irgendwann wurden die Lichter ausgemacht. Wir hatten immer noch keinen Plan, was wir tun sollten. Sie setzte uns vor die Tür.

Wir kauften zwei SIM-Karten im nächsten Handyshop und zwei Hotdogs am nächsten Stand. Wir gingen bald. Der Wind war kalt und feucht. Ich hustete in meinen Schal hinein.

Es hörte auf zu regnen, der Mond kam hervor und ließ die Bäume gespenstische Schatten auf die Straßen malen.

»Ich glaube, ich habe eine Idee«, versuchte Niko mich aufzumuntern und legte seinen Arm um meine Schulter.

Ich schlich neben ihm her und machte mir nicht einmal mehr die Mühe, so zu tun, als würde ich ihm glauben. Es war einfach alles beschissen, von Anfang bis Ende. Gleich würde ihm bestimmt einfallen, dass er gar nicht mit seiner Mutter im Streit liegen müsste. Wegen mir. Vielleicht ging er dann einfach heim. Und ich? Ich müsste ebenfalls wie ein geschlagener Hund heimtrotten. Das Donnerwetter abwarten und dann so tun, als wäre in meinem Leben nichts Einschneidendes passiert, nie etwas anders gewesen. Meine Eltern würden mich vermutlich in ein Internat schicken. Weit weg. Und mein Großvater würde dafür zahlen. So wie für mein gesamtes bisheriges Leben. Seine Macht hieß Geld, und er wusste sie gut einzusetzen. Geld. Genau das, was uns jetzt so schmerzlich fehlte.

Plötzlich blieb Niko stehen und riss mich aus meinen Gedanken.

»Willkommen in unserem Viersternehotel.«

Ich sah mich um.

Wir standen vor einem kleinen Garten. Das Gras war lange nicht mehr gemäht worden, die braunen Halme bildeten Wucherungen und Netze, wirren Haarknäueln eines schlafenden Riesen gleich, durch die wir uns hindurchkämpfen mussten. Der Boden war über und über mit faulendem Laub übersät. Dahinter ein Häuschen, dessen Dach sich schief ins Gras neigte. Unter unseren Füßen Ziegel.

Niko drückte die lose in den Angeln hängende Tür auf. Sie knarzte intensiver als in einem Horrorfilm.

»Die Honeymoon-Suite befindet sich im Gang hinten rechts, Teuerste.« Er riss mich von den Füßen und hob mich hoch, ich schrie und lachte, als er mich über die Schwelle trug. Innen rutschte er auf einem Laubhaufen aus, schwankte und strauchelte. Wir kugelten immer noch lachend in das Häuschen hinein.

Es war stockdunkel. Die Flamme aus Nikos Feuerzeug malte tanzende Schatten an die Wände. Als er sich an der Wand abstützte, lösten sich Ziegel und donnerten neben uns hinunter.

»Vorsicht.«

Wir tasteten uns langsam vor ins Innere des Häuschens. Im ersten Zimmer pfiff der Wind hinein, brachte das angelehnte Fenster zum Schwingen und trieb Blätter in einem Reigen am modernden Teppich herum.

»Falls Gespenster da sind, müssen sie zusammenrücken. Jetzt ist es eine Geister-WG«, sagte Niko und ließ sich auf ein schiefes Sofa fallen.

»Niko!!!«

»In Japan sagt man aber ganz im Gegenteil, Geister wohnen im Wald. Wir haben also nichts zu befürchten. Und du kannst dich wieder entspannen.«

»Bei meiner Familie wohnen die in echten Menschen.«

»Du bist ja gruselig, Alice. Aua!« Das Feuerzeuglicht erlosch. Niko blies sich auf die Finger.

Über unseren Köpfen liefen kleine Tiere über das Dach, Siebenschläfer vielleicht. Oder Ratten. Trapp, trapp, trapp. Dann Stille. Sie warteten, was wir zu tun gedachten, nachdem wir in ihr Reich eingebrochen waren, ohne um Erlaubnis zu bitten.

Er schob mein T-Shirt langsam hoch. Ich ließ es geschehen. Gänsehaut unter seinen Fingerkuppen. Ich hielt die Augen weit aufgerissen. Ich musste sehen, was jetzt passierte. Er senkte den Kopf über meine Brust. Schweißausbruch all over. Ich kämpfte mit mir und schloss die Augen doch. Rötliches Dunkel mit Wellen. Ich war ein Fragezeichen, das nach und nach zu einem Rufzeichen wurde.

Die Lichtstrahlen des kommenden Morgens fanden uns ineinandergekuschelt auf dem schiefen Sofa, das nach Moder roch. »Zombieparfüm« nannte Niko das.

Das Wetter war herrlich. Die Welt war neugeboren. Ich war eine andere. Das erfüllte mich mit grenzenlosem Staunen.

Ich setzte mich in den Garten, sah in die Sonne und hörte meinen Magen knurren. Ich lächelte trotzdem. Unsere Flitterwochen hatten begonnen, und ich wollte mir das durch nichts verderben lassen, nicht einmal durch beißenden Hunger.

Niko war vor über einer Viertelstunde aufgebrochen, um »etwas zu organisieren«, wie er es ausdrückte.

Es war früh. Die meisten Menschen schliefen noch, nur ab und zu hörte ich ein Auto vorbeifahren. Ich fühlte mich wie eine Rebellin, die zu nichts verpflichtet war. Ich war Wonder Woman und Supergirl in einem, ich war größer, als Alice im Wunderland je hätte werden können, größer als das Leben, ich war nicht verloren in dieser neuen Welt. Alles war gut. Wenn mir nur nicht vor Hunger so schlecht wäre.

»Zimmerservice!«, rief Niko über den halb verfallenen Zaun und wedelte mit einer Tüte.

Ich öffnete sie: Brötchen und Salzstangen und Plunderteilchen, Scheibenkäse, zwei Kakaopackungen, ein halber Liter Milch. Ich riss ein Stück von einem hellen Brötchen ab und stopfte es mir gierig in den Mund. Es schmeckte besser und intensiver als alles, was ich in meinem ganzen Leben zum Frühstück bekommen hatte.

Niko setzte sich neben mich.

Ich schlang das Stück hinunter. »Woher hast du das?«

»Ist für uns auf einem Baum gewachsen.«

Ich boxte ihn in die Seite. »Im Ernst jetzt.«

»Hab's von einer Türklinke gepflückt.«

Er wirkte sehr routiniert darin zu überleben. Das erleichterte und besorgte mich gleichermaßen.

»Du hast es geklaut.«

»Die werden das eine Mal verschmerzen.« Er brach ein Brötchen entzwei und legte Käsescheiben dazwischen. »Wir müssen das rationieren. Für heute sollte es reichen.«

»Du warst schon mal hier, oder?«, bohrte ich nach.

»Stimmt. Ich komme manchmal her, wenn ich es zu Hause nicht aushalte.« Er rülpste. »Das Dach stürzt wohl bald ein, und es regnet durch. Das ist keine Lösung für die nächsten Tage. Aber keine Sorge ... Ich hab schon eine Idee, was wir anschließend tun.«

»Und das wäre?«

»Wir gehen in den Stadtpark.«

»Toll. Und was machen wir da?«

»Dort hängt Mick oft ab.«

Ich packte unsere Sachen zusammen. »Wer ist Mick?«

»Ein Typ, den ich von früher kenne.«

»Ist der nett?«

»Keine Ahnung. Aber er wird uns weiterhelfen. Oder willst *du* etwa das nächste Frühstück stehlen?«

Ich schulterte wortlos meinen Rucksack. Nein, das wollte und konnte ich nicht. Alles in mir sträubte sich dagegen. »Bin startklar.«

»Wir haben genug Zeit.« Niko lachte. »Beeilen brauchen wir uns nicht. Vor zwölf steht Mick sowieso nicht auf. Keine Chance.«

Ich trottete hinter ihm her und fragte mich, ob dieser Mick mehr wie die Grinsekatze sein könnte, unberechenbar zwar, aber uns doch wohlgesonnen. Oder eher wie Humpty Dumpty. Leicht beleidigt und boshaft.

11. SPIEGELSCHERBE

MICK

Manchmal, wenn man glaubt, man hat so richtig verkackt, es ist alles verloren und alles ganz fürchterlich, dann fällt ein unerwarteter Lichtstrahl in diese ganze düstere Unordnung. Aber wie auch bei Alice im Wunderland kann man sich nie sicher sein, ob das, was im ersten Augenblick so vielversprechend aussieht, auch tatsächlich gut und das Düstere tatsächlich so düster ist.

»Na, was haben wir denn da!« Mick strahlte Niko an, als wir ihn endlich nach Stunden des Wartens auf einer Parkbank antrafen. »Zwei Turteltäubchen.«

»Das ist Alice.«

»So? Schau mich mal an, Alice.« Er legte einen Finger unter mein Kinn und wollte meinen Kopf anheben.

Ich riss mich los und sah zur Seite.

»Schöne Augen, Alice. Sehr schöne Augen. Wie zwei Bergseen.«

»Lass das«, sagte Niko. Es klang jedoch nicht sehr überzeugend. »Alice gehört zu mir. Klar?«

»Aber natürlich. Ihr versteht ja überhaupt keinen Spaß.« Mick streckte sich und gähnte herzhaft. »Was gibt's? Ich seh doch, dass du was willst.«

Niko suchte nach Worten. Mick schien ihn unsicher zu machen. Das wiederum machte mich noch unsicherer. Ich starrte auf den Boden.

Mick öffnete eine Bierdose und streckte sie mir entgegen. »Auch einen Schluck?«

Ich hasste den Geruch, der von der Dose aufstieg, und schüttelte den Kopf.

»Nicht? Bist du etwa Edleres gewohnt?« Er maß mich von Kopf bis Fuß. »Teure Klamotten, Gnädigste.«

Ich schwieg.

»Spuck's aus, Niko. Was brauchst du? Du kommst ja immer nur, wenn du was brauchst. Oder?«

»Wir sitzen auf der Straße, Mick.«

»Oh, ein dramatisches Roadmovie.«

»Das ist nicht lustig. Wir brauchen ein Dach über dem Kopf.«

»Ich werd mal drüber nachdenken, ob das klargeht. Aber kommt doch heute Abend ruhig zu unserer Party. Same place, same time. Und bis dahin: bye-bye.« Mit diesen Worten stand Mick auf und schlenderte über das Gras davon. Direkt am Schild vorbei, auf dem *Betreten verboten* stand.

Das Gesamtkunstwerk Mick war genauso, wie ich ihn mir vorgestellt hatte. Er hatte eine äußerst verwegene Frisur, trug eine Lederjacke und eine mit Hingabe zerrissene Jeans. Coole, abgetretene Turnschuhe. Und wie ich später Gelegenheit hatte herauszufinden, hatte er jede Menge Zeit. Unmengen von Zeit. Er war etwas älter als Niko und lebte schon lange alleine. Mick war nicht nur reich an Zeit, er war auch reich an Quadratmetern. Sonst hielt sich sein Reichtum allerdings eher in Grenzen. Aber da war er uns immer noch meilenweit voraus.

Wir aßen unsere Vorräte und warteten auf den Abend. Als die Sonne langsam hinter die Häuserdächer sank, gingen wir los. Richtung Vorstadt.

Aus Micks Wohnung im Erdgeschoss tönte laute Musik. Aus dem offenen Fenster drangen Gelächter und Geschrei. Ein Typ saß lässig am Fensterbrett, rauchte und wippte im Takt mit. Hinter ihm stand ein Mädchen in einem grünen Kleid mit langem, dichtem rotem Zopf und breiten Wangenknochen. Drinnen wurde getanzt. Ich sah schemenhaft eine Menge Leute im Halbdunkel. Der Raum war ziemlich überfüllt. Sie tanzten, sie lachten, sie brüllten.

Niko läutete.

Nichts passierte. Das Mädchen streckte den Kopf aus dem Fenster und lächelte, dann schrie sie Richtung Wohnung gewandt: »Miiick! Mick, mach auf, da kommt noch wer!«

Der Typ auf dem Fensterbrett schnippte die Zigarette weg, sie fiel wie eine verlöschende Sternschnuppe vor unsere Füße. »Ups. Nicht sorry.«

»Mick! Verdammt noch mal, alles muss man hier selber machen.« Das Mädchen mit dem grünen Kleid verschwand in der Wohnung. Der Türöffner summte.

Wir traten ins Treppenhaus.

Mick öffnete die Tür am Ende des Gangs. Hinter ihm drang eine Wolke Rauch und Gelächter hervor. Er sah noch ein bisschen verwegener aus als im Park. Haare aufgegelt. Nackte Oberarme. Darauf ein ausladendes Tiger-Tattoo, das irgendwo zwischen cool und total peinlich changierte. Mick sah meinen Blick, grinste schief und spannte die Muskeln an. Der Tigerkopf bewegte sich.

Ich wurde rot.

Hinter ihm drängte sich das Mädchen hervor. »Hallo, ich bin Natalia.« Sie stellte sich wie beiläufig zwischen mich und Mick. Sah mich prüfend an. Sah Niko an.

Niko legte einen Arm um mich.

Sie lächelte entspannter. »Kommt rein.«

Die Musikanlage dröhnte. Bassschwünge in meiner Magengrube. Ich hatte noch nie so laute Musik gehört. Ich dachte sofort an die Nachbarn. Wenn die jetzt die Polizei riefen …

Mick nahm mich an der Hand und führte mich durch die Wohnung, Natalia immer im Schlepptau. »In der Küche ist was zum Trinken«, sagte er.

»Und zum Essen«, beeilte sich Natalia hinzuzufügen. »Ich hab belegte Brötchen gemacht.«

Niko schnappte sich im Vorbeigehen drei Stück und schob sich eins nach dem anderen in den Mund.

Mick teilte den Plastikperlenschnurvorhang vor uns. Die Gäste drängten sich im Wohnzimmer. Die Möbel waren alle an die Wand geschoben – es waren nicht viele.

Mick drückte mir einen Drink in die Hand. Plastikbecher. Mit Schirmchen. »Du bist ja kein Bierfan.« Er grinste.

Eine Lichtorgel tauchte den Raum in rotes und grünes Licht. Ein alter zerkratzter Tisch, eine aufgestellte Matratze. Zwei Sessel, die wirkten, als wären sie vom Sperrmüll.

Niko ließ sich betont cool auf einem nieder und zog mich auf seinen Schoß. Ich nippte am Plastikbecher. Wie flüssige Gummibärchen. Perlend. Schmeckte mir. Machte mich entspannter. Die Musik ließ mich recht schnell mitwippen.

»Wagemutig heute?«, fragte Niko und strich durch meine Haare.

»Heute?!« Ich lachte. »Ich denke, ich bin schon länger wagemutig.«

»Dann komm und tanz mit mir.«

Ich trank den nächsten Becher leer. Die Süße des Getränks breitete sich in meinen Adern aus. Honig im Mund. Die Lippen klebrig.

Niko küsste mich auf meine klebrigen Lippen. »Honigmädchen«, flüsterte er, schob mich von seinem Knie und stand auf. Nahm meine

Hand. Ich sperrte mich. »Na komm, ich dachte, du bist wagemutig.« Und er zog mich auf die Tanzfläche. Die Lichtflecken fuhren über unsere Gesichter, wischten meine Blässe weg. Neben uns stampfende fremde Körper. Natalia, die Mick umarmt hielt. Rotes Haar. Tiger-Tattoo. Trägershirts, nackte Oberarme, Schweiß, Parfüm. Schloss sich um uns wie ein Feuerring.

Ich hatte noch nie in meinem Leben getanzt. Ich war immer die, die bei Schulfesten in der Ecke stand und unauffällig mitwippte.

Ich trank. Ich küsste Niko. Ich trank. Der Raum drehte sich, die Lichter drehten sich, die Menschen um uns herum drehten sich. Ich trank. Wurde eins mit diesem großen Drehen, das sich anfühlte wie das gewaltige, unaufhörliche Drehen eines ganz neuen Universums, und Niko war ein Fixstern, an dem ich mich orientieren konnte. Ich trank. Meine Füße hoben ab. Ich schwebte. Ich flog. Soundwellen. Schatten. Licht. Vom Bauchnabel schwingend bis zum Scheitel. Die Musik schlug über mir zusammen, ich tauchte ab. Meerjungfrau im All. Fliegendes Haar. Hände. Schritte. Echos.

Filmriss.

12. Spiegelscherbe

DER BLAUE VOGEL DER HOFFNUNG

Ich schlug die Augen auf. Neben mir auf dem Kissen rotes langes Haar. Ein fremder Ellbogen. Viele Beine. Ich blinzelte, um mich mit Anstrengung aus diesem vielfältigen Verschmolzensein in die Singularität zu zwingen. Ich fokussierte angestrengt. Am Boden eine Weinpfütze und zusammengeknülltes Papier. Niko hatte sich in meine Achsel gekuschelt. Daneben Natalia. Und noch irgendjemand, den ich nicht kannte. Es roch nach abgestandenem Rauch. Es war warm. Das Licht schmerzte. Ich versuchte, meine Gummigliedmaßen unter Kontrolle zu bekommen. Setzte mich auf. Ich trug ein T-Shirt und keine Hose. Das Zimmer glich einem Schlachtfeld. Von draußen fiel ein breiter Streifen Licht herein.

»Guten Morgen, Nixe.« Mick kam rein. Nackter Oberkörper mit Wasserperlen.

Im Flur sah ich weitere Beine. Es schliefen anscheinend noch mehr Leute hier. Ich stand auf. Das Zimmer schwankte.

»Wo ist meine Jeans?«

»Die hast du gestern verschenkt. Echt. Schau nicht so.«

Ich griff mir an die pochenden Schläfen. Kaltes Wasser. Kaltes Wasser wäre jetzt toll. »Wo ist hier das Bad, bitte?«

»Das weißt du nicht mehr? Du hast gesagt, du bist eine Meerjungfrau. Hast dir die Hose ausgezogen, sie verschenkt, weil Meerjungfrauen keine brauchen, und wolltest dich in die Badewanne legen. Da war aber schon das gekühlte Bier.«

Ich hielt mir den Kopf fest. Sicherheitshalber, damit er nicht davonflog.

»Weißt du was«, sagte Mick und fuhr mit einem Finger ganz leicht über meine Schulter. »Ich mag dich. Ihr könnt bleiben.«

»Danke.« Ich lächelte nur zögerlich. »Mir ist übel.«

»Du solltest was essen.«

Ich schüttelte den Kopf.

»Doch, unbedingt.« Er suchte im verwüsteten Zimmer herum, bis er hinter dem Sofa eine halb leere Chips-Packung fand. »Da.«

Ich stocherte lustlos in der Packung herum und holte mir ein paar dünne Scheibchen heraus.

»Rein damit.« Mick zog sich ein T-Shirt an. »Ich muss kurz weg. Wenn ich zurück bin, gibt's Frühstück.« Die Tür fiel ins Schloss.

Ich sah auf den schlafenden, schnarchenden Haufen vor mir. Ein bisschen ähnelte es einem Schlachtgemälde, so eins, wo die Leichen sich übereinandertürmen.

Eine Stunde später saßen wir um den Tisch und tranken Kaffee und aßen Brötchen. Alle waren schaumgebremst, verlangsamt, schweigsam.

Niko sah erleichtert aus. Wir hatten einen Unterschlupf gefunden. Wir konnten bleiben. Wir konnten aufatmen. Er versuchte, cool zu sein.

Es misslang jämmerlich. Mick machte sich über ihn lustig, griff ihm ungefragt in die Frisur und zerstörte sie.

»Dich allein hätt ich sowieso rausgeworfen«, teilte Mick ihm mit. Strahlend lächelnd. »Und deine Nixe da ... die passt eigentlich nicht so ganz hierher, obwohl ich sie gut leiden kann. Aber um unser kleines Ritual kommst auch du nicht drum rum, Frau Teures-Gewand-vom-Feinsten.«

Mir tat der Kopf derartig weh, dass mir alles egal war. »Meinetwegen.«

»Was hast du vor?«, fragte Niko.

»Eine neue Frisur!« Natalia lachte. »Das muss jeder hier machen. »Du auch.«

Niko griff sich in die Haare. »Ich schneid mir keinen Zentimeter ab, ihr Deppen.«

»Dann fangen wir mit der Nixe an.« Mick erschien mit einer Schere.

Ich ließ die Hand durch meine hellblonden Haare gleiten. Sie waren es mir nicht wert, wieder auf der Straße zu landen. Ich fand sie nicht einmal sonderlich schön. Sie waren langweilig und gepflegt, wie mein ganzes vorheriges Leben. »Mach ruhig«, sagte ich.

»Oooh, wir färben sie!«, rief Natalia. »Färben ist cool. Magst du Rot? Ich hab noch eine Menge Farbe da.«

»Das ist doch eine Meerjungfrau, die hat grünes Haar.«

»Blödsinn.«

»Doch. Oder Lila.«

»Blau. Das ist ein Kompromiss.«

»Wenn du färbst, weiß man nie, was es im Endeffekt wird.«

Eine halbe Stunde später verbreitete die frisch angerührte Farbe einen ätzenden Geruch im Raum.

»Macht ihr ja nicht die Haare kaputt«, sagte Niko.

Die anderen lachten nur.

Dann saß ich da mit einem Aluhut auf dem Kopf und wartete. Zwischen der Folie rann ständig Farbe in meinen Nacken. Meine Kopfhaut juckte und brannte. Und an meiner Stirn kam ich mit dem Wegtupfen gar nicht nach. Schließlich tunkten sie meinen Kopf unter Wasser. Wasser hinter den Ohren, im Nacken, das T-Shirt verfärbt. Klebte an meinem Rücken. Egal. Die Strähnen, die mir ins Gesicht klatschten, waren ein bisschen strohig geworden. Und kein bisschen lila. Eher blau mit leichtem Grünstich. Es sah aus wie Seetang. Ich fand das lässig. Ich hatte den Geschmack der Rebellion auf der Zunge, ich war bereit, Lieder von ihr zu singen. Ich fühlte mich losgelöst, ich fühlte mich befreit. Und ein bisschen vergiftet.

»Schneid ruhig«, sagte ich entschlossen zu Mick, als er die Schere ansetzte. »Los, schneid.« Ich schloss voller Erwartung die Augen, aber es passierte nichts.

Mick zögerte, fuhr mit den Fingern durch den blauen Haarwasserfall. »Fast zu schade …«, murmelte er.

Natalia klemmte eine Strähne mit einer großen silbernen Klammer über dem Ohr fest. Sie schien einen halben Friseursalon im Bad zu haben. Und sie kannte sich verdammt gut damit aus. »Schneid nur da weg«, riet sie. »Das sieht lässig aus, und Alice kann sich die Haare drüberhängen lassen, wenn sie Lust hat.«

»Woher weißt du das alles? Woher kommen die ganzen Farben?«

»Hab mal eine Lehre gemacht.« Sie stockte. »Ist nichts geworden.« Eine Düsternis zog kurz über ihr Gesicht, dann hellte es sich schon wieder auf, in diesem strahlenden Lächeln, dem ich nicht so recht traute. Zu schnell, zu aufgesetzt. »Aber ich hab viel mitgenommen. Als Entschädigung.«

»Du hast das alles geklaut?«

»Alice«, zischte Niko und machte eine Bewegung, die einen sich schließenden Reißverschluss in Mundhöhe andeutete.

Natalia zuckte die Schultern. »Sie haben mir mein noch ausstehendes Gehalt nicht gezahlt. Auch nicht nach vielen Ermahnungen und auch nicht, als ich sagte, ich wüsste nicht, wie Mama und ich die Miete zahlen sollen.«

Ich sah betreten drein. Sie beobachteten mich.

»Nixe, du bist ja eine richtige Prinzessin«, Mick beugte sich nah zu mir vor. »Wo hast du denn bis jetzt gelebt? In einem Palast? Einsam in einem Turm wie Rapunzel?« Er deutete das Schwenken einer Pfauenfeder an und verbeugte sich wie ein Diener.

Ich dachte an den König bei uns zu Hause in seiner dunklen, stillen Villa. Ich dachte an die jungen Hausmädchen, die mein Großvater im Sechserpack anstellte und eine nach der anderen genüsslich feuerte, wenn ihm danach war. Ich schämte mich fürchterlich, obwohl ich gar nichts dafür konnte. Und ich ärgerte mich gleichzeitig. Warum gingen die anderen automatisch davon aus, dass es mir so supertoll ergangen war, nur weil meine Familie in einer guten Gegend mit gut gefülltem Sparbuch unter dem Kopfkissen lebte? Ich schwieg.

»Eigentlich könntest du uns ruhig was abgeben von deinem Goldschatz«, meinte Mick.

»Wir haben nichts«, fiel ihm Niko ins Wort. »*Sie* hat nichts. Und jetzt lasst sie in Ruhe.«

»Schon gut.« Mick zündete sich eine Zigarette an. »Jeder von uns hat so seine Geschichte, oder?« Er bot mir auch eine an, ich lehnte dankend ab. Niko griff zu.

Natalia rasierte mir in der Zwischenzeit einen Streifen Haare um das Ohr herum ab. Neben uns fiel blauer Flaum zu Boden. Dann hielt sie mir fachmännisch einen kleinen Spiegel hin.

Meine Augen wirkten auf einmal so grünblau wie mein Haar. Es hatte etwas von den türkisen Wellen vor Griechenland. Ich mochte das. Ein Meer auf meinem Kopf. Und ein wilder Ozean im Herzen. Ich legte die Haare hinter mein Ohr und fuhr über die rasierte Stelle. Es fühlte sich total seltsam an, zart und rau in einem.

Niko schaute skeptisch.

Natalia kehrte die blauen Strähnen und den Flaum zusammen. Es sah aus, als hätten wir einen Vogel gerupft. Einen Paradiesvogel.

13. SPIEGELSCHERBE

FLIEHKRAFT

Der Geruch nach Bratfett und Zuckerwatte und nach Maschinenöl. Nikos Oberarm an meinem. Sommerhaut an Sommerhaut.

Über unseren Köpfen dröhnte Musik. Rock. Die Gitarre schrammte ins Ohr, scheppernd. Ich mochte überhaupt keinen Rock, aber jetzt passte das. Die Lautsprecher waren mies. War uns egal. Unter unseren Füßen entfernte sich die Stadt, in der ich lebte, langsam, aber stetig. Das Karussell, in dem wir saßen, stieg bedächtig in die Höhe, während unser Sitz langsam schräg in die Drehbewegung ging. Mein Haar flog und Nikos Hemd auch. Unsere Beine flogen. Wir hoben ab, der Hauptmast des Karussells beschleunigte seine Rotation. Wir schraubten uns immer weiter in den Himmel, der Rummelplatz unter uns wurde kleiner und kleiner. Und mir etwas schwindlig. Ich würgte.

»Schau nicht runter«, sagte Niko. »Schau zum Horizont.«

Ich warf einen unsicheren Blick nach unten. Ganz in der Nähe war Micks Wohnung, irgendwo da unten, zwischen Beton und Asphalt. Kaum Grün. Wie oft war ich in den letzten Wochen mit Kapuze über dem Kopf und mit gesenktem Blick nervös durch die Gässchen um Micks Haus geschlichen, in der ständigen Angst, dass mich jemand sah und erkannte! Nach einiger Zeit wurde ich ruhiger, niemand sprach mich an, niemand rief die Polizei, ich war offensichtlich nicht vermisst gemeldet worden. Sicherheitshalber mied ich dennoch die Orte, an denen ich auf meine Eltern treffen könnte. In die Schule gingen wir deshalb auch nicht mehr. Nikos Idee.

Ich hob den Blick. Die Stadt war noch weiter zusammengeschrumpft, der Wind war kühl, aber Nikos Nähe wärmte. Ich lachte. Niko zog mich zu sich. Ich schüttelte ihn ab, breitete meine Arme aus – ich musste sie ungehindert ausbreiten können. Ich breitete sie aus wie Schwingen, unter denen der Wind pfiff, wie ein Schwan, nein, wie ein Adler, ach was, wie ein Flugsaurier. Ich war stark, ich war frei, ich konnte fliegen, wohin ich wollte.

Der Wind wurde stärker. Er fegte alles aus mir heraus, das sich so lange in mir angesammelt hatte: die Vorsicht und die Angst, das Schweigen, das Ducken, das Lügen. Ich lachte. Laut. Mein Lachen ging in Schreien über, in fröhliches, kindisches, in absolut befreites Schreien. Niko stimmte ein. Wir flogen Runde um Runde um den goldenen Mast des Karussells, in dem sich die Sonne spiegelte, die Fliehkraft in der Magengrube, und brüllten wie die Irrsinnigen.

Die Haarspange, die mir meine Mutter zum Beginn des Schuljahres geschenkt hatte, löste sich aus meinem Haar und segelte davon, hinab, hinab, hinab, sich um die eigene Achse drehend wie wir, hoch in der Luft, hinab, dorthin, wo die Stadt wieder begann. Dorthin, wo Mick und Natalia auf uns warteten. Dorthin, wo irgendwo, ganz weit weg, die Schule stand. Dorthin, wo, noch weiter weg, meine Eltern lebten. Mein Großvater.

Das Gefühl von ganz weit weg war noch besser als das Schreien.

Den Rest des Tages verbrachten wir im Park. Die Sonne knallte gnadenlos auf uns herunter. Wenn ich die Augen schloss, sah ich einen rötlichen Schimmer. Und wenn ich mir erlaubte, in diesen Schimmer einzutauchen und mich treiben zu lassen, dann hörte ich irgendwann die Stimmen der anderen nicht mehr. Die Geräusche vorbeifahrender Autos. Den Wind in den Blättern. Hörte nur noch das Blut, das durch meinen Körper pulsierte, meine Atemzüge und die Schläge meines Herzens laut und donnergleich. Ich wurde Zentrum meines Universums, ganz bei mir, in einer roten Ewigkeit schwebend. Ganz in mir und ganz bei mir. Und dann zoomte ich wieder zurück. Die feuchte Erde unter meinen Schulterblättern. Grashalme, die Haut berührten. Die Windstöße im Haar. Der Geruch, der aus einer offenen Bierdose und von frisch mit Sonnenmilch eingecremter Haut aufstieg. Lachen.

Ich schlug die Augen auf und sah über mir: eine Baumkrone. Einen grünen Lampion. Nikos Ellbogen. Ich schob meine Hand durch das Gras und berührte seine Finger. Ganz leicht. Er legte sie in meine. Drehte sich zu mir. Wir sahen uns an. Er lächelte. Ich schloss wieder die Augen. Bis ich Natalias Stimme hörte.

»Guck mal«, sagte sie. Vor meinem Gesicht senkte sich ein Kranz aus Wiesenblumen. Blau, gelb, weiß. »Du bist jetzt die Blumenkönigin«, sagte Natalia und setzte mir die duftende Krone auf. Und machte ein Foto. Es sah aus wie ein Standbild aus einem Fantasyfilm. Ich lächelte. Ich fand mich schön. Ich umarmte sie. Sie roch nach Sonnencreme und ein bisschen nach Schweiß und nach Parfüm. Wie immer. Mir war dieser Geruch mittlerweile vertraut. Ich mochte es, wenn sich etwas vertraut anfühlte.

Natalia stand auf und tanzte über die Wiese davon.

Es war heiß, der Sommer war da und deckte uns zu. Erdbeeren und kaltes Wasser. Lange helle Abende. Musik. Laute Musik und Stille. Das Leben war schön, und ich hatte so viel Leben wie noch nie. Dieser Sommer sollte nie enden.

Er würde nie enden. Nie.

14. SPIEGELSCHERBE

THE MAN WHO SOLD THE WORLD

Ich lag im Bett und döste vor mich hin. Der Abend war regnerisch, es wurde langsam dunkel; es war ein Abend, an dem man sich eine Kanne Tee und eine Langhaarkatze auf den Schoß wünscht, ein entspannter Abend. Mein Hals kratzte, ich war am Vormittag in einen Regenguss geraten und hatte mich nicht sofort heiß geduscht. Ich hoffte sehr darauf, dass das Halskratzen nicht wieder einmal in Fieber und andere Unannehmlichkeiten münden würde. Es wäre das erste Mal, seit ich von zu Hause weg war.

Natalia war zu Hause bei ihrer Mutter, und Mick war ebenfalls nicht da, er war weggefahren, und die Wohnung gehörte heute nur uns. Ich konnte in Unterwäsche über den Flur gehen, ohne vorsichtig um die Ecke spähen zu müssen. Ich musste nicht aufpassen, ob er mich aufmerksamer musterte als Natalia. Die Wohnung ohne Mick und Natalia hatte etwas Ruhiges, Intimes, sie wurde zu einem anderen Ort. Einem Ort, an dem Niko und ich ein kleines gemeinsames Universum bewohnten, in das niemand einbrechen konnte. Mit laut lachen, laut furzen, laut die Musik hören, die Mick nicht mochte.

Niko hatte seine Stifte penibel gespitzt, seine Farben ausgebreitet, vor ihm lag ein neues leeres Blatt. Er summte vor sich hin und knabberte an seinem Bleistift. Trommelte dann auf der Tischplatte herum. Pfiff zur Melodie, die aus dem Laptop tönte. Lieder, die ich allesamt nicht kannte. Auf dem Nachttischchen brannte eine Kerze.

Ich betrachtete den Schatten von Nikos Kopf, der über die Wand wanderte. Meine Augen fielen zu.

»Verdammt!« Nikos laute Stimme ließ mich hochschrecken.

»Was ist?«

»Das Bild ist nicht so geworden, wie ich wollte, so eine Scheiße!« Er warf den Papierstapel auf den Boden.

»Na komm.« Ich stieg widerwillig aus dem Bett und hob die Blätter wieder auf. Nikos plötzliche Wutausbrüche, die ich auf den anfänglichen Stress mit unseren Eltern zurückgeführt hatte, wurden einfach nicht weniger. Ich wollte das nicht schon wieder thematisieren. Ich seufzte und legte alles auf den Tisch zurück. Es ging uns gut. Sehr gut. Trotz allem. Ich stand still hinter ihm, meine Arme um seine Schultern. Er lehnte seinen Kopf an mich.

»Du hast mir noch immer nichts erzählt«, sagte er plötzlich. »Nichts von dem, was bei dir zu Haus abgeht.«

»Wieso fragst du gerade jetzt?«

»Weil mir nix zum Zeichnen einfällt.«

»Dann denk lieber darüber nach, was du zeichnen könntest.« Ich krabbelte ins Bett zurück und wickelte mich in die Decke. Nein, darüber wollte ich jetzt definitiv nicht reden.

Doch er ließ nicht locker. »Ich hab dir alles von meinen Eltern erzählt. Sogar von Papas geheimer Pornosammlung im Keller.«

»Wenn du davon wusstest, war die wohl nicht ganz so geheim.«

»Na gut, von Papas fast geheimer Pornosammlung.«

»Das ist nichts im Vergleich zu uns.«

»Glaubst du, du kannst mir Angst machen? Ich hab schon viel gesehen. Echt.« Er drehte sich zu mir. Grinste. »Ich hab sogar tote Rinder im Fluss gesehen. Sooo aufgebläht waren die.«

»Igitt.«

»Und gestunken haben die.«

Ich lachte nicht mit. »Mal deine verdammten toten Rinder und lass mich in Ruhe.«

Es folgte ein Kratzen von Bleistiftmine auf Papier. Ich dachte erleichtert, ich wäre seine Fragen erfolgreich losgeworden.

Er drehte die Musik lauter auf: »Da kommt jetzt einer meiner Lieblingssongs.«

Kurt Cobain. Der Niko so ähnlich sah. Die Stimme erkannte ich gleich. Ich fand das Lied hoffnungslos und etwas monoton. Ich mochte Kurt Cobain nicht wirklich. Er war immer traurig und wütend, ich wusste, dass er sich umgebracht hatte. Allein das schreckte mich ab. Selbstmord, wie schnell so was gehen konnte, wie irreversibel es war, wie schmerzhaft für die anderen. Ich hatte einen Mordsrespekt vor dem Tod. Als Kind hatte ich Totenschädelbilder nicht ansehen können, ohne in Schreckensstarre zu verfallen. Der Höhepunkt an Grausen war für mich das mexikanische Totenfest, von dem mein Vater so angetan war. Dreimal waren wir live dabei gewesen in Mexiko. Meine Mutter hatte es genauso wenig gemocht wie ich …

Und plötzlich war ich gefangen in einer absurden Spirale – meine Gedanken wanderten von meinem Vater zu meinem Großvater. Der hatte sich zwar nicht an Toten erfreut wie mein Vater, aber er löste eine noch größere Angst in mir aus als der ärgste Totenschädel. Und zu all diesen Erinnerungen tönte auch noch die Stimme dieses Mannes, der sich spektakulär eine Kugel in den Kopf gejagt hatte. Eine miese Mischung für einen angenehmen Abend. Im Versuch, meinen Großvater wieder zu verdrängen, sein Gesicht, seine gelähmten Beine in feinen Schuhen, seinen silbernen Stock, der wahllos auf Geschirr und Boden einschlug, hörte ich genauer hin.

»The man who sold the world«, sang Kurt Cobain.

Nein, meinen Großvater zu verdrängen, während sein ganzes Sein und sein ganzes Tun so genau beschrieben wurden, war mir definitiv nicht möglich. Das Lied war ihm offenbar gewidmet. Es konnte nur einer wie er damit gemeint sein. Er hatte meine Welt verkauft. Und die meiner Eltern. Ich dachte an seine buschigen Augenbrauen, die sich an der Nasenwurzel trafen, wenn er brüllte, an das Purpur, das ihm dabei von den Wangen ausgehend über die Nase bis in den Haaransatz aufblühte, an den silbernen Stock, der mit Getöse in den Boden gerammt wurde, immer und immer wieder.

»I thought you died alone, a long, long time ago«, sang Kurt.

Manchmal, ich gebe es zu, manchmal habe ich meinem Großvater den Tod gewünscht, als ich noch kleiner war. Damit dieser Schrecken ein Ende hatte. Damit meine Mutter nicht jeden Tag achtsam sein musste. Damit mein Vater nicht jederzeit daran erinnert wurde, dass er nichts wert sei und nichts könne. Großvater sagte es auch in meiner Anwesenheit, genüsslich und leise und höflich. Da schrie er nicht. Das Schreien war für Erniedrigungen anderer Art. Die finale Erniedrigung beherrschte er so gut, dass er seine Lungen schonen konnte. Er sagte es meist mit einem bedauernden Lächeln. Und mein Vater senkte den Kopf, und seine Mundwinkel strafften sich und spannten sich nach unten, bevor er sie wieder nach oben zwang. Und wenn er den Raum verließ, in dem Großvater herrschte und triumphierte, brauchte es nur wenig, damit sich das angestaute Donnerwetter aus nichtigsten Anlässen auf meine Mutter ergoss. Oder, in abgeschwächter Form, auf mich.

»DAS ist dein Lieblingslied?«

»Eigentlich das Original. Das ist nur ein Cover. Das Original ist von Bowie.«

»Ich finde es gruselig.«

»Wieso? Es ist cool.«

»Hast du den Text verstanden?«

»Der ist mir nicht wichtig. Die Stimme und die Melodie, das ist wichtig.«

»Hör mal richtig hin.«

»I must have died alone, a long, long time ago«, sang Kurt.

Das versetzte mir einen absolut eisigen Stich mitten in die Bauchgegend, von dort breitete sich das Gefühl der Taubheit bis in meine Fingerspitzen aus, bis in meine Zehen, bis zu meinem Scheitel. Ich hatte das Gefühl, in Trockeneis zu liegen und nicht in dem bis eben noch gemütlichen Bett. Ich hatte das Gefühl, mitten im Sommer zu erfrieren, mich aufzulösen, auszufransen, wie Nebelschwaden, die zerrannen. Ich hielt mich hilflos fest, um diesen Prozess aufzuhalten. Ich wusste, das Lied betraf mich aus irgendeinem Grund.

»Oh no, not me«, sang Kurt von sehr, sehr weit weg. »We never lost control …«

Ich kippte. Das Nächste, was ich wahrnahm, war das Geräusch fallender Blätter und Stifte. Niko war aufgesprungen und hatte dabei alles vom Tisch gefegt. Dann wurde alles schwarz.

»Alles gut, alles gut, alles gut«, sagte er, »alles gut.« Oder hallte es bloß in meinem Kopf nach? Er hob meine Füße hoch und schob Kissen darunter.

»Alice? Geht's wieder?« Sein besorgtes Gesicht hing knapp über meinem. »Ich hol dir Wasser. Moment.«

Er kam mit eiskaltem nassem Klopapier zurück und drückte es in meinen Nacken. Ich merkte den Unterschied kaum, so kalt war mir. Meine Zähne schlugen aufeinander.

Niko legte eine Hand auf meine Stirn. »Was ist los?«

»Gib mir was zu trinken.«

Er streckte mir einen vollen Zahnputzbecher hin. Etwas anderes hatte er in der Eile wohl nicht gefunden. Ich nippte. Es schmeckte nach Menthol. Mein Mund war trocken, meine Hände feucht.

»Ist wieder okay«, sagte ich schließlich. »Danke.«

Meine Geheimnisse wurden schwer wie ein Sack Steine, die um meinen Hals gebunden worden waren und mich nun langsam und in vollkommener Stille in die Tiefe eines Eismeeres zogen, ins ewig Finstere, vorbei an wunderlichem Meeresgetier, das in dieser Dunkelheit gewohnt war zu leben. Ich aber nicht. Ich nicht. Nein. Ich wollte das nicht mehr. Ich lehnte mich an Niko. Mit dem Rücken an seine Brust, damit ich ihm nicht ins Gesicht sehen musste. Schloss die Augen und sammelte all meine Kraft. Stück für Stück wieder der Oberfläche entgegen. Ich hatte Bilder vor den Augen. Die Bilder flirrten in einen ganzen Film. Seine Hände lagen auf meinen Schultern. Das machte mich ruhig. Das machte mich stark. »Ich hab dir was zu erzählen«, sagte ich schließlich.

Aus dem geöffneten Fenster der herrschaftlichen Villa dringt wüstes Geschrei. Die Stimme meines Großvaters ein tiefes Röhren, das sich über die meines Vaters legt und über jene meiner Mutter. Die Stimmen verflechten sich zu einem Crescendo. Glas splittert. Irgendwo wird eine Tür zugeworfen. Das Klappern von Stöckelschuhen im hallenden Gang. Das Gebrüll im Arbeitszimmer des Großvaters setzt nach kurzer Pause wieder ein und übertönt alles andere. Mein Vater wendet irgendwas ein. Seine Stimme bricht. Gleich darauf das Geräusch einer Hand, die mit voller Wucht auf Haut aufkommt. Das Gebrüll endet plötzlich. Die Stimme meines Vaters verstummt ebenfalls, als würde dieser Klatscher jedes Geräusch auslöschen. Mein Herz schlägt so laut wie eine Glocke. Bis in die Ohren. Ich halte die Luft an, bis die Fingerspitzen taub werden. In solchen Momenten hört man auf zu sein. Alles bleibt stehen. Und es wiederholt sich erneut. Eine Kleinigkeit reicht meinem Großvater. Er braucht seine berüchtigten Tobsuchtsanfälle wie Medizin. Sie halten ihn lebendig. Seine Macht speist sich aus der Ohnmacht anderer.

Freeze.

Ein Standbild: meine Mutter in eine Ecke des Wohnzimmers hingekauert. Laufmasche in der Strumpfhose. Hält sich die Hände vors Gesicht, der Mund weit aufgerissen. Wimperntusche in dunklen Strömen zwischen ihren fein manikürten roten Nägeln.

Mein Leben ist voll von solchen Standbildern. Sie reihen sich aneinander in eine Art Fotoalbum.

Freeze.

Mein Vater, der kerzengerade an seinem leeren Arbeitstisch sitzt. Stunden. Ohne sich zu bewegen. Wenn Blicke bohren könnten, hätte er schon ein Loch bis auf die andere Seite der Erde produziert. Ich bin ganz klein. Ich habe Hunger. Er hört mich nicht.

Freeze.

Wir flüchten aus der Villa meines Großvaters. Mama weint. Mein Vater beißt auf seine Lippen, als ob er die Worte wieder hinunterwürgen könnte, und dann, als wir außer Hörweite der Nachbarn sind, schreit er sie trotzdem an. Nicht so laut wie mein Großvater. Wenn der schreit, dann ist es wie ein Orkan, der einen durcheinanderwirbelt, bis man nicht mehr weiß, wo oben und wo unten ist. Meine Mutter schimpft zurück, und mein Vater packt sie am Oberarm, meine Mutter kippt wie eine Puppe. Das feine Material der Seidenbluse reißt, im Ärmel klafft ein Loch. Ein kleiner bunter Stoffstreifen bleibt im Vorzimmer zurück. Ich versuche, mich aufzulösen und einfach nicht mehr da zu sein. Ich stiere den Stofffetzen an. Schönes Paisley-Muster in fröhlichen Farben.

Freeze.

Der Nachbar, der an der Gartentür steht, ich auf der anderen Seite des Zauns. Ich bin fünf Jahre alt. Ich weine. Ich habe gerade genickt.

Als der Nachbar gefragt hat, ob alles in Ordnung sei. Natürlich ist alles in Ordnung. Hier ist immer alles in Ordnung. Eine stillschweigende Übereinkunft, die denjenigen verbannt, der sich nicht daran hält. Das ist schon so, seit ich denken kann. Und ich will mein Zuhause nicht riskieren. Niemand fragt genauer, wenn bei uns Möbel krachen. Niemand sieht nach. Wir sind reich und wichtig. Bei Leuten wie uns wird doch nicht nachgesehen.

Freeze.

»Du bist nichts wert«, brüllt mein Großvater und drischt auf seinen Sohn, der mein Vater ist, ein. Der geht ihm nicht einmal ordentlich aus der Schusslinie. »Eigentlich sollte ich dir keinen Groschen meines Geldes mehr geben, du elender Versager!«

Ich stehe da und sehe das alles.

Mit fünf Jahren.

Mit acht.

Mit zehn.

Mit dreizehn.

»Was glotzt du so?«, fährt mich mein Großvater an, als ich einmal was sagen will. Und mein Vater zuckt noch mehr zusammen als üblich. Danach traue ich mich das nie wieder.

Ich war fertig. Ich zitterte.

Niko hielt mich immer noch fest.

Eine Zeit lang war es fürchterlich still. Die Sekunden zogen sich. Was Niko wohl sagen würde, jetzt, wo alles auf dem Tisch lag? Würde er mir glauben?

Niko seufzte. »Okay. Ein ziemliches Arschloch, dein Geld scheißender Opa«, sagte er. »Aber warum in drei Teufels Namen hast du mir das eigentlich früher nicht sagen wollen?«

»Weil ... weil ...« Ich stockte.

»Ist auch egal«, schloss Niko das von ihm angerissene Kapitel unbeantwortet wieder. »Es ist egal. Es ist vorbei. Du gehst nie wieder zu denen zurück.«

Ich dachte an meine Mutter.

»Nothing's going to change my world«, sang nun David Bowie.

Diese Erinnerung, die ich schon mal angerissen habe. Diese Erinnerung, die ich fest in mir verborgen halte, verborgen hinter all den Dingen, die sie nicht kennt. Diese Erinnerung, die wie eine Perle in einer Auster von immer neuen Schichten abgerundet wird, bis die kantigen Ecken nicht mehr ins Empfindliche des Bewusstseins schneiden. Bis sie schillern unter einer regenbogenfarbenen Schutzschicht. Bis sie schön wirken. Bis man nicht mehr annehmen würde, etwas Schmerzliches, Hässliches wäre jemals darunter gewesen. Aber dieses Hässliche ist natürlich noch immer da, unter all diesen Schichten.

Ich könnte mich mit ihr gemeinsam wieder auf diese Reise begeben: als Vierjährige in das düstere Arbeitszimmer des Großvaters. Der in seinem Rollstuhl eingeschlafen ist. Die Fotoalben, die von seinem Schoß gefallen sind

Sie ist unschlüssig, was sie tun soll. Sie wagt es nicht, ihn zu wecken. Sie steht da und hält die Luft an. Irgendwann fällt ihr Blick auf die verstreuten Schwarz-Weiß-Aufnahmen zu ihren Füßen. Sie hockt sich hin und hebt das erste Foto auf.

Der Urgroßvater bei einer Versammlung. Festlich gewandet. Mit einem Abzeichen am Arm. Viele Orden, die seine Brust zieren. Das nächste. Vor einem Stacheldraht steht der Urgroßvater. Dahinter Menschen in gestreiften Anzügen. Dünn, ausgemergelt, mit rasierten Köpfen. Sie sehen aus wie Geister, sie erinnern nur an Menschen. Der herrische Zug um den Mund des Urgroßvaters ist aber schon vorhanden, der Blick ist kühl. Die Finger der rechten Hand umschließen seine Waffe, auf die er voller Stolz blickt. Auf dem linken Arm hält er ein kleines, blond gelocktes Kind. Das Kind trägt ein helles weites Hemdchen und feine Schuhe. Es wirkt ein wenig verloren zwischen Waffe und Stacheldraht, der Blick sucht die Kamera. Die Augen sind zusammengekniffen, das Mündchen verzogen. Auch das Kind ist ihr kein unbekanntes. Die Fotografien des Großvaters, als er noch ganz klein war, hängen in der Familiengalerie. Sie spürt einen Hauch Kälte. Sie lässt die Fotos fallen. Stolpert rückwärts und stößt die Teekanne vom Serviertisch. Der reale Großvater schreckt in seinem Stuhl auf wie ein Vampir, öffnet seine Augen. Sie weicht vor ihm zurück.

»Was tust du hier? Wer hat dir das erlaubt?!«

Der Hall seiner wütenden Schreie verfolgt sie.

Sie flüchtet den dunklen Gang hinab und ruft nach ihrem Vater, sie ist noch so klein, dass sie keine Bedenken hat, ihn zu rufen. Nach einer gefühlten Ewigkeit hört sie tatsächlich seine Schritte in der Eingangshalle, er kommt ihr auf der geschwungenen Treppe entgegen. Er geht zügig, und sein Gesicht hat etwas von einer Entschlossenheit, die sie später nicht mehr darin finden wird. Sie schluchzt und klammert sich an seine Beine. Er beugt sich zu ihr hinunter. Ihre lang gezogenen Schatten wandern über die Wände und machen ihr Angst. »Lauf nach Hause. Ich komme gleich.« Mit diesen Worten wendet er sich ab und verschwindet nach oben. Sie macht zwei, drei Schritte in den Garten. Die Rosenhecke wirkt in der Dunkelheit wie ein Drache, der sich zusammengeringelt hat. Sie wagt sich nicht weiter. Etwas raschelt. Augen glühen auf im Gebüsch. Sie stolpert zurück ins Haus. Klettert die Stufen hoch, feine Stofftapete seidig unter den Fingerspitzen. Je weiter sie kommt, desto deutlicher werden die Stimmen.

»Du kannst nicht so mit meiner Tochter umgehen!«

»Bringe ihr lieber Manieren bei, statt hier herumzujammern! Sonst wird sie ihr Leben genauso wenig in den Griff bekommen wie du! Was wäre denn aus dir geworden ohne mich? Ein Nichts! Ein Versager allererster Güte!«

»Was hast du denn anderes getan, als das geerbte Geld auszugeben?« Die Stimme ihres Vaters zittert.

»Ich führe die Tradition meines Vaters weiter! Du bist ein Nichtsnutz, ein schwaches Glied in der Kette! Und deine ebenfalls nichtsnutzige Frau setzt dir weiter Flausen in den Kopf, obwohl ich so viel für sie getan habe! Wenn mein Vater das erleben müsste –«

»Dein Vater hat all das hier Menschen weggenommen, die den Krieg nicht überlebt haben! Du weißt das, ich und Viola wissen das, aber dich scheint keinerlei schlechtes Gewissen umzutrei–«

Noch bevor er fertig gesprochen hat, ertönt ein entsetzlicher Laut von etwas Schwerem, das auf ein Hindernis trifft. Darauf folgend ein lang gezogener Schrei. Es klingt wie ein Tier mit der Stimme ihres Vaters.

Sie drückt sich noch tiefer in die Schatten. Allein in der Dunkelheit. Nur mit mir an ihrer Seite.

Ihr Vater stürmt an ihr vorbei, die Hand an die Stirn gedrückt. Sie sieht kleine rote Tröpfchen in dem schmalen Spalt Licht glänzen, der aus der Türöffnung fällt.

15. SPIEGELSCHERBE

ABTAUCHEN

»Denkst du manchmal an deine Eltern?«

Niko stopfte unsere Badetücher in den Rucksack und sah hoch. Schüttelte den Kopf, aber nicht sofort. »Warum?«

»Nur so.«

»Wir haben ja uns.«

»Ja. Schon.«

Das Gespräch brach ab. Schweigend verließen wir das Haus, die Hitze stieg gerade erst über dem Asphalt hoch. Die Sonne stand im Zenit, die Schatten verkrochen sich unter Bäume, Bänke, parkende Autos. Vor dem Café gegenüber lag ein schwarz-weiß gefleckter Hund und hechelte. Rote Zunge wie bei einem Drachen. Wir gingen an ihm vorbei, warteten auf den Bus und wischten uns den Schweiß von der Stirn. Niko sah auf seine Schuhe. Ich zählte die Minuten, bis der Bus kam. Staub auf der Straße. Wir stiegen ein.

»Also, warum hast du gefragt?«

»Ich denke schon manchmal an meine.«

»Darüber will ich mir gar nicht den Kopf zerbrechen.« Er öffnete den Rucksack, holte eine Bierdose raus, nahm einen großen Schluck, runzelte anschließend die Stirn und fügte hinzu: »Wir wollen doch einen schönen Tag haben, oder?«

Ich nickte. »Ja, wollen wir.«

Er sah kurz nachdenklich drein, schüttelte dann den Kopf und trank weiter. »Sie kommen schon klar. Ich will wirklich nicht darüber nachdenken.«

Ich mochte den Geruch seines Atems nicht. Aber küssen wollte ich ihn dann trotzdem.

Wir schlenderten über einen Waldweg, grünes Dach, Muster der Blätter auf dem Boden. Es roch gut. Wilde Erdbeeren am Weg. Niko hielt mir eine Handvoll hin. Sie rochen intensiver als alle, die meine Mutter je gekauft hatte.

Ich dachte an den Fuchsbandwurm. Schob den Gedanken weg. Fließende Süße im Mund. Niko schleckte seine Finger ab.

Wir trotteten weiter, bis vor uns der Badeteich auftauchte, ein Streifen dunkles Wasser zwischen den Bäumen. Keiner da. War auch ein ganz normaler Wochentag. Und noch keine Ferien.

Niko breitete unsere Handtücher vor uns aus. Ich ließ mein Kleid fallen. Die anfängliche Scham, mich an öffentlichen Orten einfach auszuziehen, hatte ich inzwischen überwunden. Es machte mir fast nichts mehr aus. Sonne und Wind auf der Haut. Die war nun fast so braun wie Nikos. Vogelgezwitscher in den Bäumen. Sie hatten viel zu besprechen. Wir nicht. Es war okay so.

Niko lief mit Anlauf ins Wasser, tauchte unter. Ich betrachtete die konzentrischen Kreise, die sich an der Eintauchstelle ausbreiteten. »Komm schon!«, rief er. »Es tut so gut, komm rein.«

Die moosigen Steine waren rutschig, ich setzte vorsichtig die Zehen darauf. Das Wasser war dunkel wie Tinte. Angenehm warm auf der Oberfläche. Angenehm kühl in der Tiefe. Ich hatte keine Angst einzutauchen. Nicht einmal vor irgendwelchen Viechern da drin. Da waren ganz bestimmt welche. Ich tauchte ab, mein Haar schwebte nixenhaft um mich herum.

Nikos Gesicht tauchte in dem trüben Grün vor mir auf. Unsere

Lippen berührten sich. Ich schloss die Augen, bis wir wieder auftauchten. Bis uns die Luft ausging.

Ein paar Tage später kamen wir mit Mick, Natalia und ein paar Freunden an den See zurück und machten am Abend ein Lagerfeuer. Kartoffeln und Würstchen auf Stecken und glühende Funken, die in den Nachthimmel hinaufflogen wie Sternschnuppen im Rückspulmodus. Im Teich quakten die Frösche ein brodelndes Konzert für uns.

Niko trank. Mehr als gewöhnlich. Irgendwann wurden seine Bewegungen ungeschickt und langsam, die Stimme veränderte sich. Er schwankte leicht, als er mit mir tanzen wollte. Mick sah ihm zu und lachte. Dann warf er seine Bierdose achtlos in den Sand.

16. SPIEGELSCHERBE

RISSE IM GLAS

Niko strich das Papier vorsichtig glatt. Wir hatten nun einen ganzen Stapel hergerichtet. Ich zählte die Bilder durch: zehn Stück. Sehenswürdigkeiten. Landschaften. Unser Teich. Das Bild mit dem Teich hatte ich am liebsten. Wenn man ganz genau hinsah, konnte man ein Gesicht erkennen, das umwunden von grünem Haar aus dem Wasser ragte. Mein Gesicht. Der Rest des Körpers war nur angedeutet. Das war ihm wirklich gut gelungen.

»Das sollte reichen«, sagte ich. »Letztes Mal hast du immerhin fünf Stück verkauft.«

Niko lächelte. »Das ist gut, aber nicht gut genug. Mick braucht was für die Miete. Wir haben ihm echt nicht genug gegeben. Irgendwann wird er sauer. Das wär gar nicht gut.«

»Du machst einfach noch mehr davon«, sagte ich.

»Okay. Und du setzt dich mit diesen hier an den Marktplatz und verkaufst. Ich komm bald nach.«

Ich kannte das schon, ich hatte damit die ganze letzte Woche verbracht, und ich stellte mich wesentlich geschickter an als Niko, der nicht freundlich genug war, der schnell die Geduld verlor, der eingeschnappt war, wenn jemand sich seine Arbeiten ansah und dann nicht kaufte. Als ob das eine persönliche Beleidigung wäre.

Wirklich reich wurden wir so nicht. Aber immerhin brachte es ein wenig ein. Wir waren immer noch auf Mick angewiesen, und Mick war nicht sehr angetan davon. Verständlicherweise. Ein Job hätte vielleicht mehr gebracht. Einen Job zu suchen fand Niko aber uncool. Und ich traute mich das nicht. Ich hatte noch nie einen Job gehabt. Ich würde mich bestimmt dämlich anstellen.

»Wir sind Abenteurer und Überlebenskünstler«, meinte Niko. »Mein Vater hatte auch nie einen Job und hat sich irgendwie durchgeschlagen.«

»Wir sind fahrende Künstler.« Niko drückte mir die Mappe in die Hand. »Und du bist ein Verkaufstalent. Pass bloß auf die Bilder auf.«

Kurz darauf saß ich am Marktplatz auf den von der Sonne aufgeheizten Steinplatten. Vor mir ausgebreitet ein schwarzer Samtstoff. Darauf die offene Mappe mit den Zeichnungen von Niko. Ich saß schon Stunden da. Verkauft hatte ich erst eine einzige. Für wenig Geld. Touristen kamen ab und zu vorbei, sahen halb interessiert auf meine Auslage, dann auf mich und eilten weiter. Wir hatten kein Geld für Rahmen oder Passepartouts. Das versaute das ganze Geschäft im Ansatz, hatte Niko von Anfang an gemeint. »Trottel erkennen eine Diva nicht, wenn sie ungeschminkt in einem Morgenmantel steckt«, hatte er geschnaubt. »Und genauso geht es den Bildern, die ohne Rahmen und Passepartout daherkommen.« Ich musste also diesen Schönheitsmakel mit dreifachem Charme wettmachen.

Ich sah auf die Kirchturmuhr. Mindestens zwei Stunden noch.

Ich trank in großen Schlucken aus der Wasserflasche. Es wurde immer heißer. Niko würde bald kommen, um mich abzulösen. Ich freute mich schon drauf. Vielleicht würde er mich aufmuntern.

Während ich gedankenverloren dasaß, näherten sich Schritte. Ich schenkte ihnen keine Beachtung, es gingen den ganzen Tag viele Menschen an mir vorbei, in Stöckelschuhen, in Sportschuhen, in Ballerinas und Sandalen. Doch diesmal hielten sie an. Pinke Sneakers mit grünen Schuhbändern. Dahinter Mädchenfüße mit bunten Zehennägeln in Sandalen und ein Paar abgetretene Sportschuhe in der Größe von kleinen Tretbooten. Ich erkannte sie sofort, alle drei, mit einem Stich in der Magengrube. Instinktiv zog ich mich etwas zurück.

»Ich glaub's ja nicht! Ich dachte ja, dass du ins Krankenhaus umgezogen bist«, sagte Rosa und lachte wie eine widerliche Ziege. »Bist du jetzt unter die Gammler gegangen, Zombie Princess? Ausgerechnet du?«

Sofie trat näher. »Du Gammelfleisch.«

Und Max: »Schaut mal, sie sitzt im Dreck auf dem Boden.«

Ich schob mich zurück. Spürte die Hauswand hinter mir warm und fest an meinen Schulterblättern. Schließlich stand ich auf, unsicher, lächerlich schwankend. Ich verhielt mich wie immer in Rosas Gegenwart. Als wäre keine Zeit vergangen. Hätte sich nichts in meinem Leben verändert. Als wäre meine Reaktion auf sie in meinen Muskeln, in meiner Hirnmasse, in meiner DNA verankert. Ich hasste mich dafür.

Rosa sah mich aus zusammengekniffenen Augen an. Prüfend. »Und, wo ist dein Ritter auf dem weißen Pferd, Prinzessin? Weg?«

Ich ballte die Fäuste. Aber nur in meinen Hosentaschen.

Sofie lachte. Max lachte.

»Verzieht euch«, sagte ich. Mit etwas brüchiger Stimme.

Rosa hob die Augenbraue.

Ich dachte an Mick und wie er Leute zusammenbrüllte, wenn ihn etwas störte. Wenn ihm jemand zu nahe kam. Ich versuchte, ihn nachzumachen. »Fickt euch«, sagte ich, etwas lauter. Und dann noch lauter: »Los, verschwindet, ihr Idiotenschädel!«

In der Ferne sah ich Niko und Mick auf den Marktplatz einbiegen. Das gab mir Kraft. »Bleibt noch drei Minuten und lernt Mick kennen«, zischte ich. »Da kommt er nämlich schon.«

Mick winkte aus der Entfernung. Ich winkte demonstrativ zurück. So fröhlich hatte ich ihm noch nie gewinkt. Genau genommen hatte ich ihm noch nie gewinkt, aber egal.

Die drei glotzten in Richtung Niko und Mick. Rosa schnaubte. Sofie und Max wichen zurück.

Ich sah, wie Niko Rosa erkannte und schneller lief. Ich machte einen Schritt nach vorn. »Haut ab.«

Rosa schüttelte den Kopf, als ob sie die Situation nicht glauben würde. »Was ist denn mit dir los, Zombie? Du bist ja im Kampfmodus.«

»Ist was?«, rief Mick.

Rosa drehte sich nach ihm um und stolperte dabei gegen meine Wasserflasche. Die Flasche kippte. Der Verschluss hatte nur locker daraufgesessen, er ging ab, und das Wasser ergoss sich über den Samtuntergrund. Und über alle Bilder.

Ich warf mich auf den Boden und hob sie hoch, aber es war zu spät. Die Farbe rann, und das Papier wellte sich bereits. Verzweifelt strich ich die Feuchtigkeit ab und verwischte es nur noch mehr.

Rosa, Sofie und Max verschwanden um die Ecke.

»Fuck!«, schrie Niko. »Verdammt!«

Ich legte eine Hand auf seine Schulter. »Das war ich nicht, das –«

»Ich hab dir doch gesagt, dass du aufpassen sollst!«

Statt mich nach Rosa zu fragen, mir zu helfen oder mich zu trösten, wie ich es erwartet hatte, stieß er mich weg. Es fühlte sich an, als ob sich der Boden unter mir öffnen würde.

Mick sagte: »Das Geld brauch ich aber.«

»Und wie sollen wir das jetzt schaffen?«, fauchte Niko und kickte frustriert die nassen Blätter auseinander.

Während ich unsere Sachen zusammenpackte, schnorrte Niko

einen Passanten um eine Zigarette an. Ich sah verschämt zur Seite. Er bemerkte meinen Blick und explodierte.

»Na, kauf mir halt welche, wenn du zu fein dazu bist, jemanden zu fragen!«

»Tut mir leid.« Ich fühlte undeutlich, dass es irgendwie nicht richtig war. Ich sollte mich nicht dafür entschuldigen müssen.

Er fluchte noch einmal. Ich legte wieder meine Hand auf seinen Arm. Er schüttelte mich ab.

»Scheißverdammt.« Er riss die ruinierten Bilder an sich, knüllte den Samtfetzen zusammen. »Jetzt ist Mick sauer. Wir essen die ganze Zeit sein Zeug. Das ist nicht fair.« Er stopfte die Bilder achtlos in seine Tasche. »Ist sowieso alles ein Scheiß. So ein verdammter Scheiß!« Er schulterte die Tasche. »Ich geh heim und hau mir ein Bier rein.«

Es würde nicht bei diesem einen Bier bleiben. Das wusste ich mittlerweile.

»Und ich rate dir, mir heute bloß vom Leib zu bleiben. Glaub mir, ist besser so.« Er versuchte zu lächeln. Überwand sich und umarmte mich. »Wir sehen uns später dann.«

Ich war richtig verdattert. Wir machten doch alles gemeinsam. Aber ich nickte und sah ihm nach, bis er um die Ecke verschwand. Alles fühlte sich seltsam an. Nicht so, wie es vorher gewesen war. Vorher war alles *richtig* gewesen.

Ich setzte mich im Park auf eine Bank. Aber ich war viel zu unruhig, um stillzusitzen. Ich sah auf die Rathausuhr. Er war noch nicht einmal eine Viertelstunde weg. Ich konnte noch nicht heimgehen. Na gut. Dann würde ich eben in der Altstadt herumlaufen.

Der Beigeschmack der Streiterei mit Niko war bitter. Aber nicht bitter wie eine Medizin, die irgendwie zu helfen verspricht. Er war einfach nur unangenehm. Warum war er wegen so ein paar Bildern derart wütend geworden? Es war ja trotzdem nicht meine Schuld gewesen. Seine Kunst war ihm eben wichtig, versuchte ich mir einzureden. Oder er machte sich Sorgen, was mit uns geschehen würde, wenn Mick uns vor die Tür setzte. Er war doch auch nur wegen mir in dieser Situation. Wegen mir von zu Hause ausgerissen. Da sollte ich ihm das bisschen Wut vermutlich nicht übel nehmen.

Nach einer weiteren halben Stunde hatte ich schon mehrere Straßenzüge hinter mich gebracht. Ich ging so schnell, als würde dadurch auch die Zeit schneller laufen. Es fühlte sich seltsam an, dieses Zeittotschlagen. Ich hätte mich gern in ein Café gesetzt, aber ich hatte keinen Cent in meiner Hosentasche. Im Schaufenster einer Konditorei gegenüber türmten sich feinste Törtchen übereinander. Ich hatte keinen Hunger, aber ich wechselte trotzdem die Straßenseite, um mich zu beschäftigen und sie genauer anzusehen. Ich blickte in das Schaufenster und fuhr zurück. Drinnen saß meine Mutter.

Zusammengesunken kauerte sie an einem kleinen Bistrotisch. Sie, die immer so stolz auf ihre Haltung war, wirkte aus der Entfernung wie ein Häufchen Elend. Die Schultern hängend, die Bewegungen fahrig. Sie hatte abgenommen, ihr enges Kleid mit den eckigen Schulterpolstern, in dem sie der Roten Königin aus *Alice im Wunderland* ähnelte, schlug Falten. Sie saß da und starrte die Tischplatte an. Vor ihr stand eine Tasse unangerührter Kaffee.

Das Fensterglas spiegelte. Ich legte meine Hand auf das Glas und drückte meine Stirn dagegen. Sie war blass, aber den Lippenstift hatte sie nicht vergessen. Sie so zu sehen, tat weh. Ich ertrug es nicht. Ich nahm mein Handy und tippte.

ALICE: Mach dir keine Sorgen, Mama.

Sie las die Nachricht. Das Handy fiel auf das Marmortischchen. Sie griff wieder danach und hielt es ans Ohr.

In dem Moment begann mein Handy zu vibrieren. Sie rief mich an.

Ich wich vom Schaufenster zurück und drückte sie weg.

Eine neue Nachricht erschien auf meinem Display.

MAMA: Wo bist du? Geht es dir gut?
Ich muss dich sehen!

Ich wusste nicht, was ich antworten sollte. Ich hatte das Gefühl, von einem Strudel unterschiedlicher Emotionen mitgerissen zu werden. Das kindliche Bedürfnis, zu ihr zu laufen, damit sich endlich alles aufklären konnte, kämpfte mit Vorsicht und der Gewissheit, es würde nicht so einfach zu lösen sein. Der Blick auf meine Familie war distanzierter, kühler, es war ein anderer Blick als alle meine Blicke zuvor.

MAMA: Du fehlst mir furchtbar, Alice.

Ich zögerte. Schließlich tippte ich doch.

ALICE: Du mir auch, Mama.

MAMA: Können wir uns treffen?

Mein Hals schnürte sich zu. Ich fühlte mich, als ob ich in einen Spalt zwischen der neuen und der alten Welt gefallen wäre.

ALICE: Versprich mir, dass du mich
dann wieder gehen lässt.

Diesmal brauchte ihre Antwort länger.

MAMA: Ich verspreche es.

Ich nannte ihr für die kommende Woche ein Café in der Innenstadt, gleich neben der S-Bahn, wo immer viel los war. Da waren wir nicht allein, und ich konnte schnell weg, wenn ich wollte.

Als ich weiterschlich, schuldbewusst wie eine kleine dreckige Diebin, die doch nicht mehr gestohlen hatte als ihre Freiheit, stiegen in mir Tränen auf. Und die Tatsache, dass ich Niko gleich sehen würde, war auch nicht beruhigend. Ich ging zurück, mit einem leichten Widerwillen.

Schon von Weitem hörte ich Gelächter und laute Stimmen. Die Bude war voll. Mick war da und mit ihm viele Leute, die ich noch nie zuvor gesehen hatte. Ich hatte keinen Kopf, mich näher auf sie einzulassen. Sie redeten wild durcheinander. Deutsch. Gebrochenes Deutsch. Eine Sprache, die ich nicht kannte. Der Raum war so voller Rauch, dass es leicht neblig wirkte. Ich öffnete das Fenster, aber das Nebelige verzog sich nicht.

Sie drehten die Musik laut auf. Das nervte. Sie wollten mit mir reden. Ich lächelte. Einer setzte sich zu mir. Ich rückte ab. Er rückte näher. Ich lächelte. Niko trank und unterhielt sich angeregt mit Mick. Ich sah ihn an, Hilfe suchend. Er bemerkte mich nicht.

»Habt ihr das schon gesehen«, rief jemand quer durch den Raum. »Ganz frisch.« Die Köpfe drehten sich zu ihm um.

Es wurde ein Video abgespielt. Verwackelte Bilder auf dem Handy. Der, der filmte, lief. Jemand schrie. Jemand lachte. Ich sah eine Straße. Im Halbdunkel. Da rannte einer, der sich immer wieder erschrocken umwandte. Und mehrere hinter ihm her.

»Dem habt ihr ja ganz schön Angst gemacht!« Mick lachte. »Warte … warte … und jetzt!« Sie brüllten vor Lachen, als ob sie einen lustigen Kinofilm sehen würden.

Ich sah aus dem Augenwinkel hin. Ich wollte es nicht. Es war erniedrigend, was sich da abspielte. Aber ich konnte auch nicht wegsehen.

Der Weglaufende stürzte. Er quiekte vor Angst. Die Verfolger hatten ihn jetzt eingeholt. Der Erste, der ihn erreichte, holte aus und trat hin. Zoom. Das Gesicht des Getretenen wuchs riesig und bleich ins Bild. Ein Mond, der den Planeten Gewalt Runde um Runde umkreisen musste, ohne gänzlich aus der Umlaufbahn geworfen zu werden. Eine Hand, die sich über den Schirm legte. Dunkelheit.

Diesen Planeten kannte ich.

Ich machte ganz fest die Augen zu. Ich wollte nicht sehen, was passierte.

Ich dachte an Rosa und mich. Ich dachte an meinen Großvater. Es war immer dasselbe. Dieser Rausch, Macht über den anderen zu haben. In diesem Moment der Gewalttätigkeit gehörte das Opfer dem Täter.

»Ihr seid bescheuert«, hörte ich mich sagen. »Das ist nicht lustig. Das ist mies.«

»Ach komm«, sagte Mick. »Stell dich nicht so an. Ist doch cool. Und nur Spaß. Es ist ihm ja nicht wirklich was passiert, oder?«

Niko sah kurz hoch. »Genau. Ist doch nicht so schlimm.«

Am liebsten hätte ich ihm die Bierflasche aus der Hand geschlagen. Ich stand auf und ging. Setzte mich ins Treppenhaus. Niemand kam nach. Niko lachte im Chor mit den anderen.

Später, als die Horde wieder abgezogen war, kam Natalia vorbei. Ob sie klugerweise abgewartet hatte, bis sich die anderen verzogen hatten, oder ob es einfach Zufall war, konnte ich nicht sagen. Sie war gut gelaunt wie meistens.

Niko tat, als sei nichts gewesen. Natalia kochte. Ich rieb die letzten Reste von dem steinharten Parmesan in eine Schüssel. Weder Mick noch Niko machten Anstalten, uns zu helfen. Sie saßen ganz konspirativ in der Ecke und unterhielten sich leise. Niko sah zu Mick auf, wie junge Hunde zu ihrem Rudelführer aufblicken. Fehlte noch, dass er wedelte. Mick war offensichtlich geschmeichelt davon und machte sich größer als das Leben. Wir aßen gemeinsam Spaghetti mit sehr wenig Tomatensoße. Keiner von uns hatte Geld für mehr Einkäufe gehabt. Ich verschwieg die Begegnung mit meiner Mutter.

Am nächsten Tag war Niko am Abend mit Mick unterwegs, und ich blieb alleine in der Wohnung. Ungewohnt. Aber nicht schlecht. Ich durchsuchte die Zimmer nach etwas zu lesen. Es gab nichts. Ich endete daraufhin vor dem Fernseher und sah eine ausnehmend idiotische Seifenoper. Die Dramen, die sich dort abspielten, beruhigten mich aber insofern, als meine Niko-Probleme dagegen geradezu lächerlich simpel erschienen.

Nach einiger Zeit bekam ich Kopfweh, dann Schüttelfrost. Ich fühlte mich plötzlich zurückversetzt in diese Zeit, in der ich ständig Angst gehabt hatte, wieder krank zu werden. So lange hatte ich keinen Gedanken daran verschwendet. Aber jetzt hatte es mich wieder. Verdammt. Ganz kurz wogte Angst in mir hoch. Was ich jetzt tun sollte. Allein. Ohne meine Mutter. Ohne Niko. Ich kämpfte sie nieder. Wenn ich jetzt krank wurde, wurde ich eben krank. Dann würde ich das tun, was alle Erwachsenen taten: mich schonen und Medizin nehmen. Ich stellte mir einen Tee auf, wühlte in Micks Arzneischrank herum, bis ich ein altes Aspirin zwischen Kondomen und Zahnpastatuben fand. Legte mich wieder ins Bett und wickelte mir einen Schal um den Hals. War ein wenig stolz auf mich. Und döste ein.

Ich wurde wach, als sich ein Schlüssel im Schloss drehte. Ich fühlte mich besser und freute mich, Niko wiederzusehen.

»Schau mal, Nixe.« Mick stellte eine bunte Fast-Food-Schachtel vor mir ab. »Scharfe Nudeln. Mit Hühnchen.«

»Danke …«

»Hat Niko für dich ausgesucht.«

Niko tauchte hinter ihm auf. Grinsend. »Die isst du gern, richtig?«

»Klar. Das ist ja lieb von dir …«

Er setzte sich zu mir und steckte zwei Paar Essstäbchen in die Nudeln. Dann wühlte er in seinem Rucksack. »Schau, ich dachte, das gefällt dir.« Er streckte mir eine bunte Mütze entgegen. Der Schirm war schon etwas schlapp, aber der Stoff hatte ein hübsches Muster. Die Mütze war grünlich blau, so wie meine Haare.

Ich setzte sie auf, ein bisschen schief. Der Schirm fiel mir über die Augen.

»Nicht so! Die musst du andersrum tragen. Komm.«

Wir standen vor dem Badezimmerspiegel. Ich drehte mich hin und her. Doch, die Mütze stand mir ausgezeichnet. Das Blau meiner Augen und das Blau meiner Haare ergänzten sie ganz wunderbar. Ich mochte mich so, ein bisschen wild, ein bisschen seltsam.

»Lass mich auch mal probieren.«

Wir tauschten die Mütze mehrere Male hin und her. Machten Fotos. Wange an Wange. Mein Haar wie ein blauer Vorhang über Nikos Gesicht. Schöne Fotos.

»Dir passt sie besser«, befand Niko schließlich. »Die soll nur dir gehören.« Er drehte die Mütze um und zückte einen Filzstift. Ein Strichkörper mit rundem Kopf. »Schau.« Und eine Wellenlinie wuchs neben der anderen, bis das Strichmännchen einer Medusa glich. *Alice* schrieb er dazu. Und malte ein Herzchen daneben.

Die Woche verging langsam wie zäher Schleim, faserte aus wie gedehnter Kaugummi. Ich hatte fürchterliche Angst vor dem Treffen mit meiner Mutter. Und gleichzeitig fehlte sie mir auch. Ich war nun lange genug weg, um das Gute an ihr stärker wahrzunehmen als das Ungute. Ich dachte an ihren zusammengesunkenen Rücken, an die Rückenwirbel, die sich deutlich unter dem Kleid abgezeichnet hatten. Sie hatte mir wehgetan, ja. Mich nicht beschützt. Aber sie hatte auch sich selbst wehgetan, und auch ich hatte sie verletzt. Ich wollte definitiv nicht mit meinem Vater reden, noch weniger mit meinem Großvater. Vielleicht malte ich mir bei meiner Mutter mehr Chancen aus, dass sie mich endlich verstand. Auf Niko konnte ich jedenfalls gerade nicht zählen. Er schien mich derzeit nicht zu verstehen. Wir lebten von einem Tag zum anderen, von der Hand in den Mund. Das laufende Schuljahr konnten wir beide vergessen. Ein Teil von mir fand das unglaublich verwegen und cool. Aber da war auch der Teil, der deshalb den Kopf schüttelte und ein besorgtes Gesicht machte. Niko hatte damit kein Problem. Mit ihm darüber zu reden, machte keinen Sinn. Er wollte sich die Nächte um die Ohren schlagen. Und sich keine Gedanken machen. Blödsinn machen, sich betrinken, die Tage ungeduscht im Bett verbringen. Vielleicht setzte ich deshalb meine Hoffnung auf meine Mutter.

Ich musste daran denken, was ich zu Hause gemacht hatte, wenn ich nicht weiterwusste. Dieses Sich-im-Bett-Zusammenrollen und das Kissen über den Kopf ziehen, um das Geschrei und Geschubse so weit, wie es mir möglich war, auszublenden. Die umkrachenden Möbelstücke. Ich hatte mir dann immer vorgestellt, dass ich in tausend Nebelschwaden gehüllt daliegen würde. Doch die Möglichkeit, mich zurückzuziehen, gab es für mich nicht mehr.

Ich hoffte also auf dieses Treffen mit meiner Mutter, und ich fürchtete mich. Und ich hatte auch ein fürchterlich schlechtes Gewissen. Ich ging zu ihr, während Niko meinetwegen keinen Kontakt zu seinen Eltern hatte.

Und ich sagte ihm nichts davon.

In der Nacht davor lag ich wach und zählte meine Atemzüge, während Niko vor sich hin schnarchte, einen Arm um mich gelegt. Da war dieses angenehme Gefühl, in seinem Arm zu liegen, diese Wärme, die mich sicher und geborgen sein ließ. Oder sich zumindest so anfühlte. Ich dachte immer öfter daran, an dieses Fragezeichen, das manchmal zwischen uns aufblühte wie die Farbtropfen, die von Nikos Pinselspitzen ins Wasserglas fielen und zu wunderlichen Blumen mutierten.

Würde meine Mutter weinen? Mich festhalten? Die Polizei rufen? Würde sie mich verstehen? Eine wilde, große Hoffnung. Aber warum sollte sie mich jetzt auf einmal verstehen? Nach all den Jahren? Ich dachte an Natalia, dachte daran, wie liebevoll sie immer von ihrer Mutter sprach, wie selbstverständlich sie alles Mögliche mit ihr beredete. Wunderte mich erneut, was sie eigentlich bei uns verlorenen Kindern zu suchen hatte, die wir allesamt etwas verheimlichten, verschwiegen, vor etwas geflohen waren.

»Was drehst du dich rum wie ein Grillhuhn am Spieß«, murmelte Niko. »Komm her, entspann dich endlich.«

Ich fiel erst in einen unruhigen Schlaf, als der Himmel draußen von samtiger Finsternis in kobaltblaues Schimmern überging und die ersten Vögel sich in den Bäumen meldeten.

Ich verließ die Wohnung am Nachmittag, ohne Niko zu sagen, wohin ich ging. Er fragte nicht. Meine bunten Haare steckte ich unter die Schirmkappe, die er mir geschenkt hatte.

Kurz vor dem Café stockte ich. Ich war so nervös, dass ich fast keine Luft bekam. Ich hielt inne mit der Hand auf der Klinke und spähte ins Innere. Die Tischchen im Vorderraum waren leer. Sie war nicht gekommen. War ihr etwas passiert? Wollte sie mich doch nicht sehen?

Ich stieß die Tür auf. Der schicke junge Kellner nickte mir zu. Ihn kannte ich nicht. Aber den Rest schmerzlich gut. Ich war früher oft mit meiner Mutter hier gewesen. Mit zehn, dreizehn, in die hübschen teuren Kleidchen gezwängt, die meine Mutter an mir so entzückend fand. Aber mit Kakao kleckern durfte ich nicht. Als es einmal dennoch geschah, hatte sie mich mit hoher schneidender Stimme angeschrien. Diese alte Welt und die neue Welt, in der ich jetzt lebte, berührten sich nun, quetschten mich zwischen sich, drückten mich in eine seltsame Zeitlosigkeit.

Ich wählte jenes Tischchen, das in der hintersten Ecke stand. Ich stierte wie blöd zum Fenster raus. Die große Uhr an der Apotheke auf der anderen Straßenseite zeigte 15.10 Uhr. Die Zeiger bewegten sich langsam vorwärts, legten sich in die Kurve, glitten hinab. Meine Mutter war eigentlich immer überpünktlich.

Als ich schon meine Tasche nehmen und das Café verlassen wollte, öffnete sich die Glastür, und sie stürmte herein. Mit ausladender Sonnenbrille und im grauen Hosenanzug, dazu rote spitze Schuhe. Sie nahm die Brille ab und sah sich hektisch um. Ihr Gesicht war ungeschminkt. Sie wirkte erschöpft. Zu der bekämpften Falte waren mehrere neue, noch tiefere dazugekommen. Auch sie hatte einen neuen Haarschnitt. Kürzer.

»Mama«, sagte ich und hob die Hand.

Sie machte ein paar Schritte auf mich zu.

Ich stand auf, meine Tasche fiel auf den Boden. Wir wagten uns nicht näher aneinander heran. Alles war anders, alles war fremd. Alles war vertraut. Sie war immer noch meine Mutter und ich ihre Tochter. Und dennoch war nichts mehr wie früher. Wir standen da und sahen uns an und schwiegen.

Schließlich räusperte sie sich. »Wie schön«, flüsterte sie. »Wie schön, dich zu sehen, Alice.«

Ich lächelte. »Ach, Mama«, sagte ich und umarmte sie.

Sie erstarrte unter meinen Händen. Griff zögerlich nach meiner Schulter. Meine Mütze fiel auf den Boden, die grünen Haare ergossen sich über meinen Rücken. Sie schluckte, sagte aber nichts dazu. Sagte stattdessen: »Dein Vater wollte mitkommen. Aber ich habe darauf bestanden, dass ich allein komme. Er wollte mich zuerst nicht gehen lassen.«

Deswegen die Verspätung. Alles klar. Ich wurde unglaublich zornig. Ich wusste gar nicht, dass ich so schnell glühend heiße Wut empfinden konnte, ich kochte hoch wie ein Schnellkochtopf. Ich kannte das Spiel. Ich wollte es nicht mehr spielen. Mit ihr nicht. Mit Papa nicht. Mit niemandem.

Sie bemerkte es und legte mir beruhigend die Hand auf den Arm. »Komm, wir setzen uns. Erzähl mir, wie es dir geht.«

»Ganz gut.« Sie sah mich forschend an. Ich fragte mich, ob sie die Lüge genauso aus meinem Gesicht lesen konnte wie ich aus ihrem.

»Wo lebst du?«

»Ich wohne bei Freunden. Mit Niko.«

»Ist er gut zu dir?«, fragte sie sofort.

Ich nickte.

Sie war zu vorsichtig, um nach der Schule oder nach meinen Zukunftsplänen zu fragen. »Brauchst du irgendwas?«

Ich schüttelte den Kopf.

»Ich vermisse dich jeden Tag. Jede Stunde.« Ihre Mundwinkel zitterten. »Ich habe so lange keine solche Angst mehr um dich gehabt.« In ihrer Stimme, in ihrem Blick schwang etwas mit, das ich nicht einordnen konnte. Etwas Dunkles, Düsteres. »Ich bin so unglaublich froh, dich zu sehen. Es ist lange her, dass wir so lange voneinander getrennt waren.«

Ich konnte mich an keinen Zeitpunkt meines Lebens entsinnen, an dem wir überhaupt getrennt gewesen wären. Immer war sie besorgt, und immer war sie in meiner Nähe gewesen. Durchgehend. Und immer war sie darauf bedacht, dass mir niemand außer ihr zu nahe kam. Das erinnerte mich daran, wie sie mir den Kontakt zu Niko verboten hatte. Keine gute Erinnerung. Ich rückte von ihr ab.

»Komm doch zurück.« Sie streckte die Hand nach mir aus. »Komm nach Hause, Alice.«

Ich wich zurück und stand auf. »Ich kann nicht.«

Sie biss sich auf die Lippe. »Bitte geh nicht einfach so. Bitte lass uns in Kontakt bleiben.«

Mit der Marmorplatte des Tisches zwischen uns beruhigte ich mich etwas. Die Tür war in Reichweite. »Was sagt Großvater?«

»Er glaubt, du bist bei einem Schüleraustausch in England.«

»Ich werde nie zurückkommen«, sagte ich und schulterte die Tasche. »Ich will so nicht mehr leben.« Und du solltest das auch nicht, dachte ich mir, aber ich brachte es einfach nicht fertig, das laut auszusprechen.

Meine Mutter schob einige Zweihunderteuroscheine über den Tisch.

Ich schluckte. Das war genug für eine lange Zeit. Genug für mich. Und für Niko.

»Bitte versprich mir, dass du dich wieder meldest.«

Ich steckte die Scheine ein.

»Bitte, Alice.«

»Mach ich, Mama.«

Sie ließ mich widerstandslos gehen. Das war ein großer Liebesbeweis, aber das verstand ich erst viel später.

Ich zwang mich, mich nicht nach ihr umzudrehen. Die Glastür schlug hinter mir zu. Wie ein Chirurgenmesser, das die Muskelstränge vom Knochen trennt.

Nach dem großen Fest, das wir schmissen, als ich die ersten Zweihunderter auf den Tisch legte, war Mick in bester Stimmung. Das Geld war zwar weg, aber dafür hatten wir vermutlich fünfzig Leute verköstigt. Den nächsten Zweihunderter teilte ich mit Niko, aber ich erzählte ihm nichts von dem Rest. Ich wollte, dass wir länger damit auskamen als mit dem ersten Teil. Und versteckte das Geld zwischen meinen T-Shirts.

Die Tage liefen weiter. Rumhängen im Park. Neue Leute in der Wohnung, die irgendjemand aufgegabelt hatte. Bekannte Leute, die wieder auftauchten. Party. Lange schlafen. Wieder Party. Es machte immer noch ab und zu Spaß. Aber nur noch ab und zu. Ab und zu schrieb ich wie versprochen meiner Mutter. Nette kleine Belanglosigkeiten. Und irgendwann kam der Tag, an dem es mir endgültig reichte. Ich hatte es satt.

Niko lag bis am Nachmittag im Bett, und ich hatte länger vor dem Fenster gestanden und in den sonnigen Tag hinausgestarrt. Ja, ich hätte auch rausgehen können. Aber ich hatte mich in den letzten Wochen so daran geklammert, alles mit Niko gemeinsam zu tun, dass es mir seltsam vorkam, alleine die Wohnung zu verlassen. »Turteltäubchen« hatten uns die anderen am Anfang genannt. Mittlerweile nannten sie uns nur noch »Kletten«.

Ich hatte den Vögeln zugehört, den Passanten zugesehen, die alle irgendein Ziel, irgendeine Absicht verfolgten, ganz bestimmt – bis auf den alten Sandler vielleicht, der vor dem Lebensmittelgeschäft teilnahmslos in der Sonne saß. Ich hatte die Menschen beobachtet, wie sie einkauften, ihre Kinder von der Schule holten, mit Ranzen und Arbeitstaschen an mir vorbeieilten, und dabei immer mehr das Gefühl bekommen, mein Leben liefe in die falsche Richtung, wie eine falsch genommene Straßenbahn, irgendwohin, wo ich nicht hinwollte, irgendwohin, wo es wenig Ausstiegsmöglichkeiten gab.

Niko schnarchte laut, grunzte ab und zu und wälzte sich von einer Seite auf die andere. Und ich wurde immer unruhiger. Schließlich begann ich aus purer Langeweile, meine Sachen neu zu ordnen. Damit irgendwas in meinem Leben Struktur behielt. Irgendwas. Ich hob die T-Shirts hoch, unter denen ich mein Geld in einem Kuvert versteckt hatte. Das Kuvert war leer. Ich ließ die T-Shirts fallen. Das durfte nicht wahr sein! Mir wurde schlecht. Ich ging zum Bett und rüttelte Niko an der Schulter. Er setzte sich auf und blinzelte. Seine Haare waren verfilzt und standen ihm vom Kopf ab.

»Wo ist unser Geld?«, fuhr ich ihn an.

»Welches Geld?«, er wirkte ehrlich verwirrt.

Meine Wut legte sich etwas.

Er drehte sich wieder um und zog sich die Decke über den Kopf.

Vielleicht hatte ich ihm ja unrecht getan. Ganz bestimmt hatte ich ihm unrecht getan. Aber reden mussten wir. Ich legte mich zu ihm, umarmte ihn, kitzelte ihn schließlich, bis er aus dem Bett sprang und Richtung Klo verschwand. Ich holte Brötchen aus dem Brotkasten und setzte den Kaffee auf.

»Ich möchte nicht ewig hierbleiben. Und ich möchte auch nicht ewig nichts tun«, sagte ich zu Niko nach dem Frühstück.

»Machst du Witze?«

»Nein. Ich möchte, dass wir uns beide was Sinnvolleres überlegen, du und ich.«

Er schwieg.

»Das geht doch so nicht weiter, Niko.«

Er wollte mich an sich ziehen, mich besänftigen, aber ich blieb wie ein störrischer Esel stehen.

»Schau dir doch an, wie wir leben. Ich möchte irgendetwas machen. Ich möchte … Und du malst überhaupt nicht mehr. Außer kitschige Bildchen für die Touristen. Wolltest du nicht Künstler werden? Ich meine, wollten wir nicht irgendwie –«

»Hör mit dem Blödsinn auf«, fauchte er. »Du willst ja bloß zurück in dein Luxusleben.«

»Das stimmt doch gar nicht!«

Sein Gesicht veränderte sich in Sekundenschnelle. Aus zusammengekniffenen Augen sah er mich wütend an.

»Mir gefällt es so, wie es ist. Du bist doch nie zufrieden!« Jetzt schrie er.

»Was ist denn los mit dir«, stammelte ich. Dann sah ich die leeren Flaschen neben unserem Schlaflager. Sie waren wieder mehr geworden. »Wo hast du das Geld dafür her?!«

»Jetzt hörst du dich schon an wie meine Mutter!« Er ging drohend auf mich zu.

Mir stand der Mund offen. Falls ich so klang wie seine Mutter, dann klang er wohl gerade wie mein Vater. Immerhin noch nicht ganz wie mein Großvater. Ich war nicht neugierig darauf, diese Steigerung zu erleben. Mein Herz raste. Es fühlte sich nicht real an. Das passierte nicht wirklich. Am liebsten wollte ich flüchten wie ein durchgehendes Pferd. Aber wo sollte ich hin? Und Niko stand zwischen mir und der Tür. Ich hatte das Gefühl, dass er wuchs und wuchs, bedrohlicher und größer wurde. Meine Kehle schnürte sich zu, ich rang nach Luft. Diese Angst kannte ich gut. Die Angst, sich zu bewegen und noch mehr Aufmerksamkeit zu erregen. Ich konnte nicht fassen, dass ich diese alte Angst jetzt wieder empfand. Ich war in einem verzauberten Labyrinth treffsicher wieder an denselben Punkt zurückgeirrt, von dem aus ich gestartet war. Mir stiegen die Tränen in die Augen. Ich drehte mich zur Seite, damit er es nicht sofort sah, und wischte mir die Wange ab.

Nikos Mundwinkel zitterte. Dann ließ er die Hand sinken, die er zur Faust geballt hatte. Die Finger öffneten sich, er streckte sie nach mir aus, wie früher. »Es tut mir leid.«

Ich schlüpfte an ihm vorbei.

»He! Es tut mir leid, okay?«

Ich flüchtete in die Küche, wo Natalia und Mick saßen. Holte mir ein Glas Wasser. Trank in kleinen Schlückchen, bis sich mein Herz wieder beruhigt hatte.

Sie sahen mich an. Und unterhielten sich dann weiter. Sie mussten Niko gehört haben. Aber sie fragten nicht. Das fühlte sich an wie ein Verrat. Ich verdrängte das Gefühl sofort wieder. Es würde sonst eine Lawine an Gedanken auslösen, an deren Ende die Erkenntnis stehen würde, dass ich nirgendwo sonst hinkonnte.

»Ich muss heim«, sagte Natalia und erhob sich.

Heim. Das klang so verlockend. Ich hatte schon so lange keinen Ort mehr, den ich mein Zuhause nennen konnte.

»Darf ich mit?«, fragte ich.

17. SPIEGELSCHERBE

LEIHHEIMAT

Marja lächelte mich an. Ihr Goldzahn oben in der Mitte blinkte wie die Sonne an einem schönen Sommertag. »Noch?« Sie hob den Tortenheber einladend.

Ich schielte auf den herrlichen Käsekuchen, und obwohl mein Magen bereits randvoll war von den ersten beiden Stücken, nickte ich aus lauter Gier.

Natalia protestierte. »Mama, sie platzt gleich.«

»Nicht platzen.« Marja lachte. Sie stand auf, zog das bunte Tuch enger um die Schultern und stellte neuen Tee auf. Sie hinkte.

In der kleinen Wohnung war es feucht. In einer Ecke bildete sich Schimmel. Ich blickte aus dem Fenster. Das Haus gegenüber war so nah, dass ich die Menschen in der Wohnung genau beobachten konnte. Zwei kleine Kinder und eine junge Frau.

»Stadtfernsehen«, meinte Natalia. »Sei froh, dass das Pärchen in der Wohnung daneben gerade nicht da ist. Die vögeln immer bei offenem Fenster.«

»Wo Vogel?«, fragte ihre Mutter stirnrunzelnd und setzte sich wieder zu uns. »Hier kein Vogel.«

»Doch, da«, Natalia lachte, als sie auf die Stirn ihrer Mutter tippte. Aber sie tippte sehr zart, es war mehr ein Streicheln. Dann küsste sie Marjas Haar. Marja umarmte ihre Tochter, sie lächelten beide, die gleichen Grübchen in den Wangen, die Augen halb geschlossen wie zufriedene satte Katzen.

Ich wurde entsetzlich neidisch und schämte mich sofort dafür. Als ob sie das gespürt hätte, zog mich Natalia dazu und drückte mich ebenfalls. Marja roch nach Hefe und zitronigem Putzmittel, Natalia nach billigem Parfüm.

»Aus, aus, aus«, Natalias Mutter lachte und stand vorsichtig auf. »Muss gehen.«

Natalia sah ihr nach. Der Blick war eine Mischung aus Zorn und Mitleid. Ich kannte diese Blicke, das sind die Blicke, die etwas begleiten, das zu groß und zu schwer ist, um ausgesprochen zu werden. Irgendwann, schwor ich mir, würde ich sie fragen.

»Hast du große Schmerzen?«, fragte sie ihre Mutter.

»Nein, nein«, sagte Marja und rieb sich das Knie. »Alles gut.«

»Wann kommst du heim, Mami?«

»Spät. Nicht warten.« Sie zog ihren Mantel über und begann ihre Tasche mit Reinigungsutensilien zu füllen. Die nächste Schicht stand an.

Natalia verabschiedete sie und schloss vorsichtig die Tür.

Bis zum Schluss habe ich mich später gefragt: Warum Natalia? Warum blieb sie bei uns, bei Mick, machte all diesen Irrsinn mit, bis zum bitteren Schluss? Was hatte sie eigentlich in dieser zusammengewürfelten Runde verloren? Sie, die eine wirklich nette Mutter hatte, ein echtes Zuhause? War es nur wegen Mick? Was fand sie an ihm? Sie stach aus unserer Gruppe heraus, passte irgendwie nicht ganz dazu, war immer eine Spur geborgener, eine Spur verwurzelter, auch wenn ihre Mutter nach all diesen Jahren die deutsche Sprache nicht ausreichend erlernt hatte, nach Worten suchte, vieles nicht oder nur halb verstand. Natalia hatte für ihre Mutter gedolmetscht. Natalia hatte ihre Mutter beschützt, so wie ich es auch bei meiner Mutter versucht hatte, aber im Unterschied zu uns hatte auch ihre Mutter sie, die Tochter, beschützt und alles getan, um ihr zu einem besseren Leben zu verhelfen. Als Putzfrau verdiente Marja nicht viel, und sie waren x-mal umgezogen, von einer miesen Bleibe in mieser Gegend in die nächste. Aber an jedem dieser Orte wartete verlässlich ein Essen auf dem Herd, und Natalia konnte nach Hause mitbringen, wen sie wollte. Marja war der gastfreundlichste Mensch, den ich je getroffen hatte.

Ich sah mich um. An den Wänden hingen Fotos von den beiden. Vor mir entfaltete sich eine kleine Zeitreise: Die kleine Natalia mit zu Schnecken zusammengerollten dünnen Zöpfen, ihre Mutter mit Kopftuch und großen, dunklen traurigen Augen – sie war damals sehr schön gewesen. Natalia sah anfangs etwas elend aus, mit dürren Ärmchen und einem zu weiten Pullover. Sie blickte sehr ernst und verschreckt, auf einem Foto mit Verband quer über der Stirn. Ihre Gesichter änderten sich, das von Natalia verlor nach und nach das Kindhafte, aber auch das Düstere, das Lächeln verstärkte sich, während die Augenringe ihrer Mutter tiefer und tiefer wurden – man konnte den Zeitverlauf an ihnen messen wie bei den Jahresringen der Bäume. Jahrelang in gleicher Pose: Backe an Backe, bis Natalias Gesicht auf gleicher Höhe war wie das ihrer Mutter. Bis sie sich zu ihr hinunterbeugen musste. Natalias Haar wurde bunt, das Haar ihrer Mutter grau.

Das Liebevolle blieb immer gleich.

Die beiden waren ein eingeschworenes Team. Sie wirkten, als wären sie gemeinsam durch dick und dünn gegangen. Wieder spürte ich eine Welle von heftigem Neid. Ich tauchte kurz unter, trieb einen Augenblick hilflos dahin und fasste mich wieder. Diese beiden zu beneiden, die es alles andere als leicht in ihrem Alltag hatten, erschien mir doppelt verwerflich.

Natalia stand vor dem Spiegel, drückte ein rotes Kleid mit weit schwingendem Saum an sich und drehte sich hin und her. Der Stoff flog parallel zu ihrem dichten, glänzenden roten Zopf von links nach rechts und wieder retour.

»Hat mir Mama mitgebracht«, sagte sie glücklich. »Hat ihr eine Kundin geschenkt. Für mich. Wie schön …«

Das Kleid war ziemlich billig, am Saum hingen die Nähte raus. Meine Mutter hätte die Nase gerümpft über die Ramschware. Natalia drehte sich stolz damit im Kreis und wirkte trotz all dem Polyester wie eine Märchenprinzessin. Ihr Blick. Der hocherhobene Kopf.

»Was ist das für ein Verband, auf diesem Foto da?«, fragte ich.

Natalias Lächeln erlosch. »Bombensplitter«, sagte sie wie beiläufig.

Ich dachte, ich hätte mich verhört. »Machst du Witze?«

»Spinnst du!«, fauchte mich Natalia an und legte das Kleid beiseite. »Natürlich nicht!«

»Wieso denn Bomben?«, stammelte ich. Das klang so unwirklich. Wie aus einem Film, aus einem Buch, aus einem Theaterstück. In meiner Welt gab es verschiedene Grausamkeiten. Bomben gab es nicht.

»Wir kommen aus Grosny«, sagte Natalia.

Ich hatte den Namen schon mal gehört. In den Nachrichten. Schon lange her. Ich versuchte mich krampfhaft zu erinnern, bekam aber nur Bruchstücke zu fassen. Fotos. Skelette ausgebombter Hochhäuser. Weinende Kinder. Tote in den Straßen. Oder war das eine andere Stadt? Die Fotos ähnelten einander, so sehr, dass ich fast das Gefühl bekam, alle diese Städte wären zu einer einzigen, riesigen anonymen Großstadt verschmolzen, die überall und nirgends lag und in der niemals Frieden einkehrte.

»Tschetschenien«, half mir Natalia weiter. »Bürgerkrieg. Lange her.«

Ich wollte nach ihrem Arm fassen.

»Menschen vergessen die ganze Zeit«, sagte sie und wandte sich ab. »Sogar ich vergesse es ab und zu. Mama nicht. Mama nie.«

»Es tut mir leid, Natalia, ich ...«

»Ist schon gut.« Sie drehte sich wieder zu mir, im Drehen zogen sich auch ihre Lippen in das gewohnte breite Lächeln. »Du konntest es nicht wissen. Und die meisten können es nicht verstehen.«

»Hast du es Mick erzählt?«

»Nein. Wozu? Es ist lang her. Und er hat seine eigenen Probleme. Jeder hat seine eigenen Probleme.« Sie nahm eine Jacke vom Plastikhaken. »Komm. Wir sollten wieder zurück zu den anderen.«

Das hatte ich bis zu dem Moment erfolgreich verdrängt.

»Natalia, ich ... ich kann da nicht mitgehen«, stammelte ich.

»Warum?«

»Ich hab mich mit Niko gestritten.

»Na komm, ihr habt euch doch lieb.«

Ja, das hätte ich letzte Woche auch noch felsenfest behauptet. Aber heute nicht mehr. Zwischen diesen beiden Nikos lag ein kleines Universum. Und das Triebwerk meines Lebensraumschiffes war nicht stark genug, es zu überwinden. Diesmal nicht.

Natalia sah mich ungläubig an. Sie nahm mich bei der Hand. »Komm, stell dich nicht so an.«

»Er wird aggressiv, wenn er trinkt.«

»Manches muss man einfach wegstecken«, sagte Natalia. »Wenn ich mir über alles den Kopf zerbrechen würde, was mich stört, dann käme ich nicht mehr zum Atmen. Und Mama schon gar nicht.«

Ich schwieg.

»Ihr seid hier alle so verdammt feinfühlig. Mama und ich können uns diese Feinfühligkeit nicht leisten.« Sie schwenkte unsere verschränkten Hände mehrmals hin und her wie bei einem Kinderspiel. »Papa ist auf eine Mine getreten. Er ging vor uns. Mama hat es schlimm erwischt. Mich nur leicht. Ich hab alles genau gesehen, Alice.« Sie ließ mich abrupt wieder los. Unsere Hände flogen auseinander ins Leere. »Wenn man weiterleben will. Dann sieht man nicht mehr so genau hin. Gewöhn es dir ab. Das geht.« Und sie lächelte mich erneut an: so strahlend und breit wie immer.

Ich folgte ihr, die Hände in den Manteltaschen.

Sie könnte natürlich heimgehen. Die Mutter weint sich die Augen nach ihr aus. Sie könnte zurückkehren, könnte sich wieder einfügen, könnte wieder schweigen, den Kopf gesenkt. Sie glaubt, dass diese kleinlaute Rückkehr, dieses Schweigen ihr Ende wäre. Das Ende von Alice, wie wir sie kennen. Sie irrt sich natürlich, ich weiß es besser als sie, ich weiß, wie viele Chancen sie hat, ich weiß, wie die Alternativen aussehen, aber sie hört mich nicht. Sie spürt nichts. Sie wäre die Erste in ihrer Familie, die diesen Schritt gehen würde, die Erste, der es auch gelingen könnte, ich weiß es. Das, was der Urgroßvater verbrochen hat und was der Großvater nicht bereuen will, was der Vater nicht konnte, was die Mutter nicht schaffte zu durchbrechen, das könnte sie wagen. Könnte. Wenn sie nur endlich auf mich hören würde. Aber sie hört nichts.

Ich bin noch immer zu weit weg von ihr, ich bin nur ein Echo eines weiteren Echos, verschleiert hinter Nebel und Glas, verborgen hinter Schläuchen und dem Surren lebenserhaltender Apparate, hinter Spiegelungen silberner Instrumente und weiß gekleideter Menschen, hinter den Tränen der Besucher, hinter der Stille, die hier immer lauert. Ich bin immer noch dort, wo sie mich zurückgelassen hat, damals, aber für mich läuft die Zeit anders ab als für sie, meine Zeit dehnt sich und steht gleichzeitig still, während ihre sich in einer konstanten Geraden nach vorne bewegt. Es ist gut so, wie es ist. Ich habe gelernt, damit zu leben.

18. Spiegelscherbe

SCHEISSLAWINE

Ich mach es wie Natalia, sagte ich mir ein ums andere Mal und biss die Zähne zusammen. Ich mach es einfach wie Natalia.

Ich lächelte Niko an. So breit ich es schaffte. Ich sprach nicht mehr von dem leeren Kuvert und den Bierkisten in der Küche. Das nächste Fest kam, und es war laut und lang. Ich tanzte im bunten Licht. Ich lächelte. Ich ging schlafen und wachte wieder auf und hatte Kopfschmerzen und ging wieder schlafen. Ich lächelte. Ich lag in der Badewanne, sah der Kerze beim Abbrennen zu und übte das Lächeln im Spiegel. Mein Körper verkrampfte sich dabei.

Eine Woche später wühlte ich durch meine Sachen und fand die verschwundenen Geldscheine. Sie mussten aus dem Kuvert gerutscht sein und lagen zwischen meinen Socken. Niemand hatte mich bestohlen, wie ich zuerst geglaubt hatte. Ich entschuldigte mich bei Niko. Im Hinterkopf das deutliche Gefühl, dass es trotzdem nicht in Ordnung war, wie er mich angeschrien hatte. Ich wusste, dass es der Zug in die falsche Richtung war, aber ich rollte schon mit einiger Geschwindigkeit in ihm dahin. Aussteigen war jetzt zwecklos.

Mit Niko wurde es übrigens, wie von Natalia versprochen, tatsächlich einfacher. Wenn ich lächelte und ihm nichts vorwarf, war er liebenswürdig. Wenn ich ihn nicht kritisierte, ihm nicht widersprach und mich still verhielt, dann war er eigentlich immer noch so süß wie am Anfang. Ich lächelte und schwieg. Es würde sich irgendwie fügen. Es würde schon gehen. Manchmal wusch er sich nicht und roch nicht gut, aber ich schob auch das weg. Wenn man schiffbrüchig ist und im Meer von wilden Wellen umhergeschleudert wird, dann denkt man nicht darüber nach, dass die Planke, an die man sich klammert, müffelt.

Ich kochte mit Natalia und den Jungs. Die Jungs brachten Möbel vom Sperrmüll mit, die wir gemeinsam reparierten. Das machte richtig Spaß. Ich zog mir einen Splitter dabei ein, aber das war egal. Ich suchte mir ein kleines Nachtkästchen aus, für unser Zimmer. Ich lackierte Stunden, Pinselstrich um Pinselstrich, bis alle Oberflächen satt und gepflegt glänzten. Als könnte ich all die Risse damit überdecken, die gerade zwischen mir und Niko entstanden.

Wir richteten uns ein. Wie eine richtige kleine Familie. Familie. Ich versuchte, den unangenehmen Beigeschmack dieses Wortes aus meinem Mund zu spülen. Mit Wasser, und manchmal auch mit Wein. Ich hing mit Niko im Park ab. Ich bemühte mich, die vielen verschiedenen Gesichter auseinanderzuhalten, die in einem breiten Strom in der Wohnung ein und aus gingen. Wir gingen zum Badeteich schwimmen. Ich spürte dem Wind nach, der über meine nasse Haut fuhr und meinen Körper trocknete. Ich roch das Gras. Ich lauschte dem Wind in den Ästen. Es war warm. Wir schwammen nackt im grünen Wasser. Mein grünblaues Haar trieb um mich herum wie bei einer echten Nixe, bleichte aus und wurde schließlich grünlich gelb. Natalia färbte es nach. Diesmal machte sie etwas falsch oder verwendete eine andere Farbe: Es hielt nicht. Blaue Hände, blauer Nacken. Wenn es regnete, rann die Farbe mein Gesicht entlang wie dicke Farbtränen.

Manchmal überlegte ich, meiner Mutter zu schreiben, dass ich sie nun etwas besser verstand. Vielleicht wollte sie nur dasselbe tun wie Natalia. Leben. Vielleicht hatte ich ihr unrecht getan. Vielleicht sollten wir darüber miteinander reden. Natürlich fehlte sie mir. Sogar mein Vater fehlte mir inzwischen. Auch er wollte sich vielleicht nur fügen, weil er musste. Auch sie hatten vielleicht einfach irgendwann zu oft Ja gesagt, zu oft gelächelt, zu oft geschwiegen, sich zu oft gefügt, bis sie keine Kraft mehr hatten, sich aufzulehnen und Nein zu sagen. Ja, mein Vater fehlte mir auch. Trotz allem. Ich hätte gerne versucht, ihnen alles zu erklären.

Nur mein Großvater fehlte mir nicht.

Aber jedes Mal, wenn meine Finger schon auf dem Display lagen, schaffte ich es nicht, die Buchstaben einzugeben. Ich wusste nicht, was ich schreiben sollte. Ich hatte nichts besser gemacht. Ich war keine Rebellin. Ich war nicht mutig. Auch wenn ich das zu Anfang gedacht hatte. Ich hatte mich entschieden, dasselbe zu tun wie sie, und ich schämte mich, das zugeben zu müssen. Nein, mehr noch schämte ich mich vor mir selber. Diese Scham wuchs zwischen mir und meinen Eltern wie ein riesiges Bergmassiv, so, wie die Alpen in der Steinzeit aus der Ebene in die Höhe gefaltet wurden. Nur schneller. Erdgeschichte im Zeitraffer.

Ich ließ mich weiter durch den kippenden Sommer treiben. Das Gras verdorrte in der Hitze und lag auf den Wiesen wie blondes Haar eingegrabener Riesen. Und die Äpfel reiften schon. Vielleicht, hoffte ich, vielleicht reifte mit den Äpfeln auch irgendeine Lösung für uns.

Nach einem müden, heißen Tag am Wasser machten wir uns auf den Weg zurück. Die nassen Badetücher im Rucksack, Schweiß auf der Haut. Ich trug kurze Shorts von Natalia. In der S-Bahn lehnte ich meinen Kopf an Nikos Schulter, schloss die Augen. Hörte dem Rattern der Räder zu. Das machte mich schläfrig. Der Zug fuhr in die Station, die Bremsen quietschten. Niko weckte mich.

»Schlafen kannst du zu Hause, Prinzessin.« Er zog mich von der Bank.

Draußen saß eine Gruppe junger Männer auf dem Bahnsteig herum. Ein Paar mittleren Alters ging an uns vorbei, das mich an meine Eltern erinnerte.

Ich blieb stehen und sah noch mal hin. Sie wirkten etwas älter und wesentlich weniger elegant. Sie waren nur ein Zerrbild. Eine Fata Morgana. Meine Finger schlossen sich um die vertraute Form meines Handys. Ich holte es heraus. Zögerte.

»Was ist denn los?«, drängte mich Niko. »Hier ist es stickig. Komm, gehen wir.«

Ich seufzte und steckte das Handy weg. Vielleicht schrieb ich meinen Eltern ja heute. Später.

Die Typen auf der Bank standen auf, als sie uns kommen sahen. Einer johlte. Ich wich ihnen aus. Grinsen, das mir wie Zähnefletschen vorkam. Gestikulierende Hände. Niko legte den Arm um mich, aber das hielt sie nicht wirklich davon ab, uns noch ein Stück nachzugehen und hinterherzurufen. Es war wirklich unangenehm. Niko sagte nichts. Ich war richtiggehend erleichtert, als wir endlich draußen waren.

Am Abend kam Micks Kumpel Newin vorbei. Seine Besuche waren hochbegehrt, weil er immer beladen mit Köstlichkeiten erschien: Fladenbrot, Schafskäse, gegrillte Fleischstücke, Süßigkeiten. Seine Mutter kochte viel und gern. Vermutlich hätte sie auch die halbe Stadt ohne mit der Wimper zu zucken verköstigt. Die Schule hatte er geschmissen, wie alle anderen hier.

Kurz darauf erschien Natalia, mit einem Kuchen. Ich schämte mich nicht mehr, all diese Geschenke anzunehmen. Ich war jetzt eine von ihnen.

»Wieso schreibst du mir eigentlich so einen Blödsinn?«, fragte Natalia mich, während sie in die Quarkmasse schnitt.

»Welchen Blödsinn?«

»Dass ich dich treffen soll. Später. In der S-Bahn-Station um die Ecke. Du hast doch gewusst, dass ich am Abend sowieso zu euch komme.«

»Ich hab dir nicht geschrieben.«

»Wenn du mir etwas sagen willst, im Vertrauen«, flüsterte Natalia, »dann kannst du das doch einfach schreiben! Ist irgendwas?«

»Nein, gar nichts. Das kann nur ein Irrtum sein.«

Sie hielt mir ihr Handy hin und zeigte mir den Chat.

Die Nachrichten waren tatsächlich von mir. Von meiner Nummer.

»Was zum Teufel, Natalia! Das war ich nicht! Das gibt es nicht!« Ich griff in meine Hosentasche, um das Handy hervorzuholen. Es war nicht mehr dort. »Scheiße! Was mache ich denn jetzt?«

Mick und Niko gesellten sich zu uns. »Was ist los?« Mick beugte sich über das Display und runzelte die Stirn.

Niko machte es ihm nach. Newin kam dazu.

»Jemand hat Alice' Handy geklaut.«

Mir wurde erst jetzt bewusst, dass der Dieb alles von mir hatte. Meine Fotos. Mit Niko und mir drauf. Nur mit mir drauf. Meine Nachrichten an Niko. Die SMS meiner Mutter. Sämtliche Nummern. Die Adresse meiner Eltern. Alles. Es fühlte sich an, als hätte jemand mein ganzes Leben gestohlen, sich Einblick in intimste Details erschlichen, wäre unter meine Haut geschlüpft wie ein widerwärtiger unsichtbarer Parasit.

Das Handy in Natalias Hand vibrierte.

Es erschien ein Foto von ihr, das ich am Badeteich aufgenommen hatte. Natalia bekleidet nur mit einem winzigen gehäkelten Höschen. Auf dem Bauch liegend. Lachend.

Mick lief rot an. »Was ist denn das für ein elender Versager«, knurrte er. »Gib her!«

»Versager!«, stimmte Niko ein.

Und Newin fügte an: »Dem werden wir es zeigen!«

»Ich … ich weiß nicht, ob das jetzt so klug ist …«, murmelte ich leise. Der Boden unter mir bewegte sich immer weiter in die Tiefe.

Ein weiterer Screenshot. Und noch einer. Und noch einer. Der Kerl hatte nicht nur Natalia, er hatte allen Mädchen aus meinem Telefonbuch geschrieben!

»Den machen wir platt.« Micks Stimme wurde gefährlich leise. Er ballte die Faust. Der Tiger auf der Schulter tanzte. »Und wie wir den plattmachen.«

Meine Gedanken jagten dahin. Micks Plan war ganz bestimmt nichts, was mir richtig vorkam. »Gehen wir doch einfach zur Polizei.« Das erschien mir in dem Moment noch am sinnvollsten.

»Zur Polizei?« Mick bekam einen Lachkrampf. »Ich geh doch nicht zur Polizei!«

Niko nickte eifrig. »Zur Polizei gehen wir ganz sicher nicht!«

»Der ist doch total psycho! Und wenn es mehr als einer ist?« Ich schrie plötzlich so laut, dass ich sofort heiser wurde.

Natalia begann zu weinen. »Wenn der das meiner Mutter schickt … Die weiß doch nichts davon, wie ich hier rumlaufe … Die weiß nichts von Mick! Sie glaubt, ich bin noch in der Ausbildung!«

»Das kann er nicht«, versuchte ich sie zu beruhigen. »Ich hab ja die Nummer deiner Mutter nicht.« Aber das beruhigte nicht einmal mich selbst.

Ja, diese kleinen Lügen, die einem so leicht über die Lippen glitten, aus Angst, aus Scham, aus Verzweiflung. Die konnten zu Lawinen anwachsen. Nie war mir das so schrecklich klar gewesen wie jetzt. Nicht daran zu denken, wenn der Typ meinem Großvater schrieb. Ich stellte mir vor, wie meine Eltern mitten in der Nacht durch den sündhaft duftenden Garten gingen, durch die große Marmorhalle, müde, erschrocken, weil er sie brüllend zu sich einbestellt hatte. Und ihren Lügen auf die Schliche gekommen war. Das konnte fürchterlich enden.

»Sperren lassen – ich werde die Karte sperren lassen!« Warum war ich bloß nicht früher darauf gekommen!

»Aber alles, was du auf dem Handy gespeichert hast, hat er doch trotzdem«, warf Niko ein.

Mir wurde wieder übel.

Mick suchte in der Schublade mit den Messern herum. »Vergiss es. Dem zeigen wir es jetzt! Ich geh hin. Zu diesem Treffpunkt. Schreib, dass du kommst, Natalia. Dem stellen wir eine Falle.«

»Mick! Bitte!« Die Situation entglitt mir immer mehr.

»Das war ganz bestimmt einer von diesen Typen am Bahnsteig«, warf Niko ein. »Einer von diesen Flüchtlingen.«

»Diese Scheißflüchtlinge«, heulte Natalia. »Die sind an allem schuld!«

»Natalia, du bist doch selbst geflüchtet.«

»Das ist jetzt doch scheißegal! Mama hasst die!«

Newin stimmte sofort ein. »Betteln uns um Jobs an. Dabei haben wir selber keine.«

Mick drehte sich entschlossen um. »Los, wir gehen.«

Der Schneeball war losgerollt und riss weitere Massen mit.

Ich schlich der Gruppe hinterher. Mit der absoluten Gewissheit, dass nicht gut gehen würde, was immer jetzt geschah.

19. SPIEGELSCHERBE

AUSGEWACHSENE SCHEISSLAWINE

Die S-Bahn-Station lag am Ende einer großen, stark befahrenen Straße. Leuchtreklame malte Farbschatten an die Glasfronten der umliegenden Hochhäuser. Hauptsächlich Einkaufszentren mit breiten, spiegelnden Passagen. Die Luft stand zwischen den Autos, der Asphalt glühte. Kein Windhauch. Eine Glasglocke über der Stadt. Es zogen Gewitterwolken auf, aber noch war kein Donnergrollen zu hören. Die Menschen, die uns begegneten, schwitzten. Laute Musik tönte aus vorüberfahrenden Autos mit heruntergekurbelten Fensterscheiben. Menschen saßen in Grüppchen in den umliegenden Cafés.

Natalia lief neben Mick her und sah ihn so bewundernd an, als ob er direkt auf einem weißen Ross herangaloppiert wäre, um sie zu retten.

Ich fühlte mich elend und völlig außerstande, das, was da losgetreten worden war, noch aufzuhalten.

Niko ging still neben mir, sein Gesicht war verschlossen, der Blick hart. Ich erkannte ihn eigentlich nicht wieder. Er wirkte, als ob er in den Krieg zog, und nicht wie einer, der etwas klären wollte.

Vor dem Eingang zur S-Bahn teilten wir uns auf. Ich ging mit Niko, Natalia und Mick. Newin meinte fachmännisch, dass er von der anderen Seite und zeitverzögert erscheinen würde. »Als Überraschungseffekt.«

»Komm mal wieder runter, das ist nicht *Counter-Strike*«, sagte Niko.

Dann gingen wir auseinander. Newin verschwand in einem Seiteneingang. Wir fuhren hinauf zu den Bahnsteigen.

Wir betraten die Halle und sahen uns um. Menschen gingen zur Rolltreppe Richtung Ausgang. Menschen saßen auf den Bänken zwischen den beiden Gleisen. Hier sollten wir den Handydieb treffen.

»Vielleicht sind wir falsch«, meinte Niko.

Eine alte Dame mit Einkaufstasche. Ein Liebespaar mittleren Alters. Mehrere Jugendliche mit Coladosen in den Händen. Sie beachteten uns nicht weiter. Daneben zwei Frauen, ins Gespräch vertieft. An der Plakatwand gegenüber lehnte ein kleiner, elend aussehender, schmächtiger Mann in abgewetzter Hose. Er sah absolut nicht gefährlich, aber einigermaßen verwirrt aus und spielte mit einem Handy herum.

»He«, sagte ich zu Natalia. »Ruf mich mal an.« Ich näherte mich der Plakatwand. Der Typ bemerkte mich nicht.

Da begann das Telefon in seiner Hand zu klingeln.

Mein Klingelton für Natalia.

»Gib mir mein Handy zurück!«, kreischte ich.

Er sah sich überrascht um. Ließ einen komischen spitzen Schrei los, der gar nicht nach einem erwachsenen Mann klang. »Gefunden! Nur gefunden!«, schrie er. »Kein Dieb! Nein!«

Dann ging alles sehr schnell. Niko und Mick stürzten sich auf ihn, bevor ich reagieren konnte. Mein Handy schlitterte über den Boden. Ich bekam es zu fassen, während der Mann nochmals aufschrie und zu fliehen versuchte. Ein Bein war kürzer und dünner als das andere, er schleifte es hinter sich her. Er schwankte. Fast hätte er es mit drei verzweifelten Sprüngen zum Ausgang gegenüber geschafft. Aber da kam Newin von der anderen Bahnsteigseite und schnitt ihm den Weg ab. Ein letzter Versuch auszubrechen. Vergeblich. Sie hatten ihn eingekreist. Ich sah die Lichter der einfahrenden

S-Bahn aus der Finsternis aufblühen. Jemand schrie. Vielleicht ich. Vielleicht Natalia. Vielleicht der Handydieb. Newin stieß ihn um.

Aufklatschen von Haut auf Beton.

Mick trat zu. Zack.

Ein Schuh flog in hohem Bogen davon.

Zwei Frauen, die ihre Taschen fallen ließen. Und dann. Handgemenge. Arme, Beine. Aufgerissene Münder. Der lang gezogene Ton quietschender Bremsen, ein Laut, der mir Zähne und Nacken vereiste. Und dann, noch langsamer: das Kippen zweier Körper über den Bahnsteigrand.

In vollkommener Stille.

Plötzlich wurde aus der Zeitlupe Schnelldurchlauf: Gewimmel am Bahnsteig. Jemand schrie um Hilfe. Die Frau, die auf dem Gleis zurückgeblieben war, weinte. »Meine Freundin!«, schluchzte sie, »meine Freundin …«

Mick machte ein paar Schritte rückwärts, drehte sich um, rannte. Im Aufruhr hinderte ihn keiner daran. Natalia war davor schon verschwunden. Newin sowieso.

Eine Sirene. Blaulicht. Ich sah mich verzweifelt um. Niko war noch da. Neben mir. Wie angewurzelt stierten wir auf die Gleise.

»Los, komm.« Er packte mich und zog mich fort, schmerzhaft fest am Handgelenk, während ich den Hals verrenkte, um zu sehen, was passierte. »Steh nicht da wie angewachsen, komm jetzt!« Ich sperrte mich, er riss mich fast um. Auf seiner Stirn standen Schweißperlen. Sein Gesicht war angstverzerrt. Meins wohl auch.

Ich fühlte mich wie Gummi, das in Watte gepackt worden war. Ich stolperte. Er zog mich weiter.

»Schneller«, keuchte er, »schneller! Schneller!«

Wir rasten die Treppen hinunter, Sportschuhe auf Stufen, hinab, hinab, hinab.

Draußen pulsierte Blaulicht über den Asphalt. Zwei Krankenwagen. Und Polizei. Niko machte eine scharfe Kurve in eine kleine Seitengasse. Wir drückten uns in einen dunklen Hauseingang. Zitterten. Über uns dröhnte Musik aus einem geöffneten Fenster. Gelächter.

»Oh Scheiße«, stieß Niko hervor. »Verfluchte, verfluchte Scheiße.«

»Sind sie tot?«, flüsterte ich. »Hast du was gesehen?«

Niko schüttelte den Kopf. Wischte sich den Schweiß von der Stirn. »Gehen wir nach Hause.«

»Ich muss doch wissen –«

»Gehen. Wir. Nach. Hause.« Er sprach jedes Wort sehr deutlich aus, als ob ich schwerhörig wäre. Dann riss er grob an meiner Hand.

Wir saßen in der Küche. Niko hatte die Vorhänge zugezogen.

»Nur nicht auffallen«, sagte er. »Nur nicht auffallen. Seid leise.«

»Das ist völlig egal, ob du jetzt laut bist oder leise. Wenn sie dich finden, finden sie dich unabhängig von der Lautstärke«, sagte Mick. Er stand auf, schob die Vorhänge wieder beiseite und öffnete das Fenster.

»Und deine feine Freundin? Wo ist die? Weggerannt ist die«, ereiferte sich Niko.

»Du doch auch.« Mick zuckte die Schultern. »Lass sie da raus. Sie ist bei ihrer Mutter.« Er schaltete den Fernseher an.

Donnergrollen. Das Fenster plötzlich hell erleuchtet. Das Gewitter, das sich über der Stadt zusammengebraut hatte, entlud sich endlich. Der Regen klatschte auf den Asphalt, laut wie Peitschenschläge. Die Temperatur sank rapide. Mir kam es so vor, als würde Nebel aus den Ecken des Zimmers kriechen. Ich rieb mir die Augen.

Die Nachrichten flimmerten über den Schirm. Eine Attacke in der S-Bahn. Man sah eine Trage. Die Frau, die darauf lag, gestikulierte wild, während sie abtransportiert wurde. Die Sanitäter sprachen beruhigend auf sie ein. Sie lebte also noch. Eine weitere Trage wurde in den Krankenwagen nebenan verladen.

»Der verletzte Angreifer, ein Asylbewerber, weist jede Schuld von sich«, sagte der Nachrichtensprecher. »Augenzeugen sprechen jedoch davon, dass er sich im Zuge eines Angriffs auf andere Passanten gestürzt und die Frau ins Gleisbett gestoßen haben soll. Aufnahmen der Überwachungskamera liegen nicht vor, da diese zum Tatzeitpunkt außer Betrieb war.«

Der nächste Bericht handelte von einer Kulturveranstaltung. Samtige Geigenklänge aus einem festlich erleuchteten Konzertsaal. Mick drehte entnervt ab. Das Bild verschwand in einem dunklen Strich.

»Gott sei Dank.« Er seufzte.

»Ja, Gott sei Dank lebt die Frau noch«, sagte ich erleichtert.

»Gott sei Dank glauben sie, dass er das war.«

Meinte er das wirklich ernst? »Aber«, ich stand auf, »aber er hat uns doch gar nicht angegriffen. Und die Frau auch nicht.«

»Na und? Glück für uns.« Mick machte eine Bierdose auf. Niko tat es ihm nach. Sie setzten sich auf das Sofa, perfekt abgestimmt wie Synchronschwimmer.

Ich sah aus dem Fenster. Blitze und Wasserfontänen. Ein Nebelstreif draußen im Hof. Ich hatte noch nie Nebel an einem Sommertag gesehen. Das Fenster beschlug. Ich wischte mit den Fingern darüber. Das alles war nicht okay. Es war in einem Ausmaß nicht okay, dass ich nicht mehr lächeln konnte, wie ich mir vorgenommen hatte. Ich biss mir auf die Lippe.

»Ich weiß nicht, was ihr macht«, sagte Mick schließlich und rülpste, »aber es ist spät. Ich geh jetzt schlafen.«

Er verschwand in seinem Zimmer. Niko im Bad.

Und ich blieb zurück und fühlte mich scheiße. Etwas Irreparables war passiert. Und alle taten so, als ob man das abhaken könnte. Es war nicht okay. Es war nicht fair. Und ich schwieg wie alle anderen, ich machte mich schuldig mit diesem Schweigen. Aber ich konnte nicht anders. Ich wagte es nicht. Und ich hasste mich dafür.

Ich versuchte, mich von dieser Erkenntnis schnell wieder abzulenken. Versuchte, irgendetwas zu tun, was meine Schuld irgendwie schmälern könnte. Etwas Sinnvolles. Ich saß also alleine in der Küche und schickte allen Mädchen aus meinen Kontakten eine Entwarnungsnachricht.

In der Früh hatte es merklich abgekühlt. Es war bewölkt, und ich fror unter der leichten Bettdecke. Ich war die ganze Nacht von seltsamen Träumen gejagt worden. Nebellandschaften und matte Spiegel. Irgendein Wesen mit Krallen und grauem Fell.

Ich schlug die Augen auf. In der Gewissheit, dass es so nicht mehr weiterging. Wir mussten das richtigstellen. Durften nicht tatenlos bleiben. Irgendjemand musste etwas tun. Es war nicht fair.

Ich setzte mich auf. Niko war wach. Er hockte reglos auf seiner Betthälfte und zwirbelte nervös an seinen Haaren herum. Vielleicht hatte er gar nicht geschlafen.

Ich zog mich schweigend an. Ich ahnte, dass ich es vermutlich nicht wagen würde, allein zur Polizei zu gehen. Ich wollte Niko ins Boot holen, wollte ihn irgendwie von dieser Notwendigkeit überzeugen.

»Wohin willst du?«, fragte er.

»Wir müssen das aufklären. Wir müssen mit jemandem reden.«

Er sprang auf. »Kommt nicht infrage!«

»Bitte, Niko.« Ich sah in sein Gesicht und begriff, wie sinnlos diese Bitte war. Sehr viel später erst begriff ich auch, dass man Verantwortung nicht aufteilen kann. Ich hätte es von Anfang an alleine machen sollen. Aber damals fehlte mir einfach der Mut. Mein Mut reichte nur dazu, mich ihm wortlos zu widersetzen und zur Tür zu gehen.

Er stellte sich mir in den Weg. »Du bleibst gefälligst hier. Du verpfeifst uns nicht.«

»Lass mich durch.«

Er ballte die Fäuste, sein Gesicht lief rot an, eine verzerrte Fratze. Er packte mich so heftig am T-Shirt, dass der Stoff krachte und ich nach vorn kippte.

Ich schlug seine Hand weg.

Er versetzte mir einen Stoß.

Ich taumelte rückwärts und stieß gegen das Bett.

»Ich will keinen Ärger mit Mick. Du setzt alles aufs Spiel! Niemand geht zur Polizei!«

»Das hättest du dir eventuell vorher überlegen sollen!«, brüllte ich und verlor sofort die Stimme. »Wir haben jemanden verletzt. Und ein Unschuldiger wird dafür bestraft!«

Da holte er wortlos aus und schlug mir mit voller Wucht ins Gesicht. Mein Kopf flog herum, grüner Haarschleier vor den Augen, und ein knackendes Geräusch zwischen den Ohren. Der Geschmack von Blut im Mund. Ich spürte Zahnschmelz splittern. Und mit ihm meine ganze notdürftig zusammengeflickte Welt.

20. SPIEGELSCHERBE

DEA

»Du blöde Kuh«, brüllte er. »Du blöde Kuh! Ich wollte das nicht, du hast mich dazu gebracht!«

Er klang nicht böse. Er klang verzweifelt, aber das nützte weder mir noch ihm. Ich ließ das Haar zu Ende schwingen, wischte das Blut aus meinem Gesicht und sagte: »Das tust du niemals mehr wieder.«

Während ich sprach, spüre ich, dass ein Zahn locker saß und den Bewegungen der Zunge folgte. »Niemals wieder, hörst du?«

Ich taumelte aus der Wohnung. Die Wucht des Schlages ließ meinen Kopf immer noch dröhnen. Dieser Schlag hatte weit mehr erschüttert als mein Gehirn: Er erschütterte mein ganzes Dasein. Ich hatte das getan, was mir die einzig richtige Lösung schien. Ich hatte getan, was weder mein Vater noch meine Mutter zustande gebracht hatten; ich war einen so großen Schritt weitergegangen. Ich hatte Gewalt verurteilt. Ich hatte es endlich ausgesprochen. Ich hatte »Nein« gesagt.

Und als Antwort darauf hatte es noch mehr Gewalt gegeben. Von Niko, der mir näher gewesen war als jeder andere auf der Welt. Bei dem ich Schutz gesucht hatte. Wegen dem ich alles verlassen hatte, was ich kannte, und der versprochen hatte, mir zu helfen. Ich fühlte mich nicht aufgewühlt, erschrocken oder traurig. Ich fühlte mich einfach nur leer.

Das. Das ist mein Einsatz. Das ist unser Augenblick. Ich mache mich nun auf den Weg. Ich werde bald da sein, und dann hat das Alleinsein ein Ende. Ich muss warten, bis die Verzweiflung groß genug ist. Am Scheitelpunkt des Elends werden wir uns treffen. Bald, schon sehr bald, werden wir uns begegnen. Und ich werde verstummen. Und es wird gut sein. Noch kann ich warten. Wie immer für uns beide warten. Die Geduld hat sich gelohnt.

So hatte es begonnen, zu Ende zu gehen. Mit Niko und mir.

Dieses Leersein war ein fast angenehmes Gefühl, ein bisschen wie eine zu stark ausgefallene Betäubungsspritze. Das Gefühl hielt lange an. Als wäre ich so ein Heliumluftballon, der einen halsbrecherischen Höhenflug absolviert hat und dann immer faltiger und faltiger wird, niedersinkt und die Form verliert, bis er völlig ausgeleiert in einem jämmerlichen Häufchen am Boden liegt.

Und ich war absolut nicht in der Lage, das, was ich mir vorgenommen hatte, umzusetzen: Ich brachte es nicht fertig, zur Polizei zu gehen. Es fiel mir schwer, auch nur einen klaren Gedanken zu fassen. Mir war schwindlig und ein bisschen schlecht, aber noch musste ich mich nicht übergeben. Ich fuhr mit der Zunge im Mund herum. Die Lippe hatte aufgehört zu bluten und wurde zunehmend dicker. Und der eine Zahn saß locker. Irgendwann würde ich in ein Stück hartes Brot beißen, und er würde darin stecken bleiben wie eine absurde Installation. Meine Füße bewegten sich mechanisch – immer nur ein Schritt nach dem anderen –, ich hatte kein Ziel und keine Ahnung, wie lange ich schon lief. Ich wusste nicht, wohin.

Ich wusste, dass ich nie wieder dorthin zurückkehren würde, wo ich gerade herkam. Niemals. Dieses Zimmer, dieses Bett, diese Arme waren Geschichte. Ich irrte in der Stadt herum. Verlor jedes Zeitgefühl, genauso wie ich jedes Gefühl für mich selbst verlor. Vielleicht war ich nur kurz unterwegs, vielleicht auch nicht.

Irgendwann begann ich vor mich hin zu weinen. Die Tränen

schienen vollkommen losgelöst von mir zu rinnen, ich spürte nichts, nur die Feuchtigkeit in meinem Gesicht. Bestimmt würde ich bald in einem ganzen Tränensee waten, dann schwimmen, ertrinken, elendiglich absaufen, bis mein Körper in die Dunkelheit meiner eigenen Verzweiflung gesunken und verschwunden und verloren gegangen war.

Schließlich stand ich vor einer Brücke über den Fluss. Ich wachte aus diesem seltsamen abwesenden Zustand erst auf, als sich meine Finger um das Eisengeländer schlossen und ich mich vorbeugte. Das Wasser rauschte, die Autos rauschten, in meinen Ohren rauschte es. Ein Windstoß wehte meine Haare durcheinander, das erinnerte mich an den Schlag und wie mein Kopf herumgeflogen war.

»Ich kann nicht zurück«, sagte ich leise. Zu mir selbst. Zum Himmel über mir. Zu dem Gras am Brückenrand. »Ich kann nicht.« Dann beugte ich mich noch weiter vor. »Ich kann nicht mehr.«

Die Sonne begann dem Horizont entgegenzusinken und warf einen roten Widerschein über die Wellen. Der letzte Tag meiner Beziehung ging zu Ende. Der Zauber war vorbei. Der kleinen Meerjungfrau war es vermutlich nur graduell besser ergangen.

Der Wind wurde stärker. Er malte seltsame Muster auf das in der Tiefe träge fließende Wasser. Ich sah ihm lange zu. Fragte mich, wie lange mein Körper fallen würde.

Nicht.

Ob ich den Aufprall mitbekam.

Ob man wohl im Fallen bereute, gefallen zu sein.

Ja, und ob.

Ob es wehtat.

Mit Sicherheit.

Ob das Wasser sehr kalt war.

Warte.

Ich ließ das Geländer los. Wandte mich ab. Überquerte die Brücke.

Ohne darauf zu achten, wohin ich ging, verschlug es mich ausgerechnet in jenen Park, in dem wir uns oft getroffen hatten. Niko, ich und die anderen. Hier hatte Natalia mich mit einem Blumenkranz gekrönt. Hier hatte Niko mich noch früher unter einem blühenden Magnolienbaum geküsst, der genauso prächtig blühte wie der im Garten meiner Eltern, und wir hatten in seinen Ästen gesessen, ohne Angst, aus diesem Paradies vertrieben zu werden.

Ich überquerte die Wiese, auf der wir uns gesonnt hatten, statt in die Schule zu gehen, und folgte dem Kiesweg, der auf den Kinderspielplatz führte. Bunt lackierte Elefanten und eine silberne Rutsche, Bänke und ein Sandkasten. Keine Kinder, keine Eltern. Ich war ganz allein. Wind kam auf und stieß die Schaukeln in eine zögerliche Bewegung. Ich lehnte mich an das Klettergerüst und dachte an die Brücke zurück, die ich hinter mir gelassen hatte. Vielleicht sollte ich dorthin zurückgehen. Ich dachte ganz kurz an meine Eltern. An Niko. An die Schlagzeilen. Dann würden sie schon sehen, was sie davon hatten. Ich könnte zurückgehen. Jetzt. Ich könnte.

Glücklicherweise bin ich schon fast angekommen. Gleich.

Das Gerüst und der Spielplatz begannen sich um mich herum zu drehen. Ich rutschte an den Metallstreben zu Boden, zog die Beine an, die mir nicht richtig gehorchten, umschlang sie ganz fest. Machte mich ganz klein. Spürte ein namenloses und vollkommen überwältigendes Entsetzen in mir hochsteigen wie eine Springflut, die gleich alle Dämme einreißen und mich überspülen würde, mit Haut und Haar.

Jetzt ist es so weit. Das sind meine letzten Worte in dieser Gestalt.

Ich hob den Kopf, als ob ich fürchtete, tatsächlich darin ertrinken zu können, und bemerkte eine Nebelschwade, die zwischen den

Bäumen zu mir zog. Der Nebel stieg sehr schnell auf, von einer Sekunde auf die andere. Die Umgebung verschwamm in einem dichten Grau. Die Kieswege des Parks verschwanden, die Bäume verwandelten sich in durchsichtige Schatten, rückten in weite Ferne. Die Geräusche wurden ausgelöscht. Der Nebel bildete eine dichte Wand zwischen mir und der Außenwelt, füllte meine Lungen.

In diesem Moment erblickte ich es. Ein schlankes graues Tier mit wachen Augen in der Farbe von hellem Bernstein. Es trat aus dem Nebel hervor. Vielleicht entstand es aber auch einfach aus diesem Nebel, verdichtete sich zu einem lebendigen Körper. Vielleicht wich auch der Nebel vor ihm zurück. Auch Jahre später konnte ich nicht mehr sagen, wie das genau geschehen war. Der Nebel lichtete sich, und um uns entstand ein Kreis, in dem der Rasen wieder sichtbar wurde, einzelne Zweige von Büschen, die jenseits der Kreisgrenze immer noch im Grau verwischt und verschleiert blieben.

Es sah aus wie ein Hund und doch nicht wie ein Hund: lange, schlanke Läufe mit spitzen schwarzen Krallen und nebelfarbenes seidenes Fell, das leicht glänzte. Das Tier hatte etwas Sphinxhaftes. Vor allem sein Blick. Und diese Art, vollkommen reglos zu stehen. Das kannte ich nicht von anderen Hunden, die immerzu unruhig herumwieselten, sich setzten, aufsprangen, bellten und mit dem Schwanz wedelten. Dieses Tier hier aber stand vollkommen still, den Kopf leicht zu mir gebeugt, und sah mich an.

Dann näherte es sich mir so langsam, als ob es mich nicht aufschrecken wollte. Unsere Rollen – Tier und Mensch – schienen seltsam vertauscht. Ich wich nicht zurück. Seine schmal zulaufende Schnauze war kurz darauf auf Höhe meiner Augen. Ich sah nach so etwas wie einer Hundemarke: kein Halsband. Mein Herz setzte kurz aus. Vielleicht war es wild. Oder krank. Vielleicht würde es mich beißen. Mitten ins Gesicht. Bei diesem Gedanken fiel mir der brennende Schmerz ein, der dem Schlag von Nikos Faust gefolgt war. Mein Magen zog sich erneut zusammen.

Das Tier gab ein Geräusch von sich, das wie ein Seufzen klang. Dann legte es vorsichtig den Kopf auf meine Knie und verengte die gelben Augen zu Schlitzen. Die Berührung war sehr zart. Von dort ausgehend breitete sich Wärme in meinem Körper aus wie zäher goldener Honig, schwer und tröstend. Ich saß eine kleine Unendlichkeit so da, die Arme um meine Beine geschlungen, den Kopf des Tieres auf mir. Dann hob ich vorsichtig die Hand und strich über seinen Rücken. Das Fell war seidiger als seidig. Darunter spürte ich kräftige Muskeln. Es war durchtrainiert, ja fast zäh. Die Zartheit des Fells täuschte. Und die Berührung kam mir seltsam vertraut vor. Irgendwann hatte ich exakt diese Wärme schon einmal wahrgenommen. Das war völlig absurd.

Doch ich konnte diese Vertrautheit nicht in Worte fassen. Das Gefühl war alt. Viel älter als ich. Sehr, sehr alt. Irgendwann waren wir uns schon einmal begegnet. Doch ich hatte keinerlei Erinnerung daran. Und jeder Versuch, nach einer Erklärung in den Winkeln meines Verstandes zu suchen, fühlte sich an, als wollte ich mit nackten Händen lebendige Fische festhalten. Ich kannte dieses Tier. Aber ich wusste nicht, woher.

Ich schmiegte mich an seine kräftigen Flanken. Seine schwarze Nase drückte einen warmen, feuchten Fleck auf meinen Handrücken und stieß mich vorsichtig an.

»Was willst du?« Ich sprach es laut aus und dachte gleichzeitig: So weit war es also gekommen. Die ausgewachsene Scheißlawine war endgültig an ihrem Höhepunkt angelangt. Ich sprach mit einem Hund auf einem Kinderspielplatz. Ich sprach mit einem Hund, und es kam mir nicht einmal seltsam vor. Aber warum sollte mir das auch seltsam vorkommen: Mein Freund hatte mir beinahe einen Zahn ausgeschlagen, ein unglückseliger Typ war in den S-Bahn-Schacht gestürzt und kämpfte vermutlich in einem Krankenhaus irgendwo in der Stadt mit dem Tod. Meine Eltern wussten nicht, wo ich war. Und mein Großvater war ein Verbrecher, der die ganze Familie tyrannisierte. Da war dieser seltsam nebelfarbene Hund nicht wirklich weiter erstaunlich. Aber vielleicht, dachte ich, vielleicht war ich auch einfach wahnsinnig geworden. Nicht einmal das machte mir absurderweise Angst. Mit dem Hund an meiner Seite war das Gefühl der Einsamkeit kaum zu spüren.

Er stupste mich wiederholt an. Mit einem gurrenden Laut.

»Ich soll aufstehen, ja?«

Er begann sich zu entfernen, drehte sich aber noch einmal nach mir um.

Schön. Wenigstens wusste einer von uns, wie es weiterging.

Ich stand auf und folgte dem Tier den Kiesweg entlang, eine Hand auf seinem Rücken. Ein vertrautes, ein inniges Gefühl, dieses Zusammentreffen von seinem Fell und meinen Fingern. Wo der Hund hintrat, wich der Nebel zurück und schloss sich hinter uns wieder zu einer dichten Wand.

Die Straßen waren nebelverhangen und menschenleer. Wir wanderten langsam, fast bedächtig, durch eine vollkommen stille Stadt. Keine Autos. Keine Passanten. Wohin waren alle verschwunden? Warum begegneten wir niemandem? Merkwürdigerweise machte mich das nicht nervös. Ich ging in einer seltsamen Verzückung, mit einem Lächeln auf den Lippen. Alles war in Ordnung, solange das Tier bei mir war. Alles.

Es ging mit einer gelassenen Zielstrebigkeit dahin. Wir kreuzten Straßen, passierten Einkaufszentren, Leuchtreklamen, deren Lichter blass hinter der Nebelwand zitterten. Leere Taxistände. Restaurants, deren beschlagene Scheiben nicht erkennen ließen, ob jemand darin war. Als ich meine Nase an ein Fenster drücken wollte, um besser hineinsehen zu können, zog mich das Tier entschlossen an einem Zipfel meines Pullis weiter. Haltmachen war offenbar nicht beabsichtigt.

»Wer bist du eigentlich, hm?«, fragte ich. »Und wie heißt du?«

Das Tier blieb abrupt stehen und sah mich an. Bernsteingelb um eine scharf gezeichnete schwarze Pupille.

Da begriff ich endlich, was mich an diesem Blick so irritierte: Die Pupille bildete keinen Kreis, sondern einen Schlitz. Das war kein Hundeauge. Zumindest keins, das ich kannte. Doch auch das beunruhigte mich nicht wirklich. Ich hatte das Gefühl, während des Absinkens in das Eismeer der Verzweiflung unerwartet in einem U-Boot gelandet zu sein. Ein kleines, sicheres U-Boot. Gut geheizt, mit genügend Luftvorrat.

Ich hockte mich hin und umarmte das Tier. Es hielt vollkommen still. Ich versank erneut in seinem Blick. Wir hatten uns schon einmal so angesehen: tief und konzentriert. Lang, lang her, dachte ich. Und spürte ein Wissen, das in mir aufstieg.

»Ich weiß, wie du heißt«, sagte ich voller Erstaunen. »Du heißt Dea.«

Ich könnte schwören, dass ich ein angedeutetes Lächeln auf den straffen Lefzen sah. Dea beugte sich zu mir, schien mir zuzunicken. Streifte mein Bein. Zog dann erneut an mir. Es ging weiter.

Die Stadt sah aus wie meine Stadt und doch anders, als hätten wir uns in einer Falte im Raum verfangen, in einem Loch in der Zeit, als wäre das, was ich sah, nur eine Spiegelung meiner Welt – oder war meine Welt nur die Spiegelung von dieser hier?

Schließlich bogen wir in eine Sackgasse ein. Hielten an vor einem Haus am Ende der von Fliederbüschen gesäumten schmalen Straße. Blumenbeete. Ein Fahrradständer mit einem alten Fahrrad.

Das Haus war dunkel, bis auf ein erleuchtetes Fenster im obersten Stock. Wie ein Leuchtturmfeuer, das verirrte Schiffe in den Hafen führt. Ich folgte dem Streifen Licht bis vor die Haustür.

Dea blieb stehen und sah mich erwartungsvoll an.

Ich rüttelte an der Türklinke. Nichts geschah.

Dea setzte sich hin und legte elegant den schmalen Schweif um ihre Hinterbeine, wodurch sie sofort um mehrere Sphinxstufen sphinxiger wurde.

Ich klopfte. Hörte dem Hall im Treppenhaus zu.

Es geschah immer noch nichts.

Ich machte einen Schritt weg von der schweren Holztür.

Dea erhob sich und stellte sich mir in den Weg. Hier war eindeutig Endstation. Okay. Dann war das eben so.

Ich untersuchte die Tür genauer. Die Klinke ließ sich runterdrücken, aber das war es auch schon. Verschlossen blieb sie dennoch. Ich drückte mein ganzes Gewicht dagegen.

Nichts.

Dann erst sah ich im Schatten verborgen die kleine Gegensprechanlage. Ich kniff die Augen zusammen, um die Namen auf den Klingelschildern zu entziffern. Hillinger. Heshmatpurr. Mogmann. Und dann, darunter, noch ein Name: Gerber.

Ich läutete. Und dann nochmals. Ich läutete Sturm.

»Wer ist da?«, krächzte die verzerrte Stimme meines Philosophielehrers durch das Gitter des Lautsprechers.

Seine Stimme holte mich zurück in die Realität. Ich begann plötzlich zu weinen. »Alice«, rotzte ich.

21. SPIEGELSCHERBE

EISMEERTIEFE

So war Dea zu mir gekommen, und so hatte mein Leben eine Wendung erhalten – im letzten Moment, als alles zusammenbrach. Eigentlich, dachte ich später, eigentlich war es sonnenklar, warum sie diesen Augenblick gewählt hatte und keinen anderen – ja, dass es keinen anderen Augenblick dafür hätte geben können. Man muss sehr tief hinabsteigen, um Hilfe zu bekommen, und das hatte ich getan. Hatte ich tun müssen.

»Wie um alles in der Welt«, sagte Herr Gerber, während er mir eine Tasse Tee zubereitete, »hast du mich bloß gefunden?«

Seine Frau, eine rundliche kleine Person mit rotem Pagenkopf, lächelte mich an.

»Dea hat mich hergebracht.«

»Dea?«

Ich sah auf Dea, die sich unter dem Tisch zu meinen Füßen zusammengeringelt hatte, sichtlich zufrieden mit der Entwicklung der Dinge, und nun entspannt vor sich hin döste.

Herr Gerber zuckte die Schultern und lächelte etwas ratlos. »Ist ja egal, wie. Hauptsache, du bist jetzt da.«

Seine Frau verließ den Raum.

»Es stört Sie hoffentlich nicht.«

»Nein, warum sollte es stören«, beeilte er sich zu sagen. Immer noch etwas verwirrt. »Du siehst schrecklich aus. Was ist passiert?«

Ich erzählte. Es sprudelte nur so aus mir heraus. Was zu Hause abging. Wie ich mit Niko weggelaufen war. Von Mick und Natalia. Wie Niko ein anderer Niko wurde. Was in der S-Bahn-Station passiert war. Dass ich nicht mehr weiterwusste. Ich hatte noch nie in so kurzer Zeit so viele Informationen preisgegeben.

Herr Gerber unterbrach mich nicht. Er saß bloß da und zog seine Weste über der schmalen Brust enger, während er mir zuhörte. Ernst. Aufmerksam.

Die Wachskerze auf dem Holztisch brannte ab, der Docht knisterte ein letztes Mal auf und entlud eine Rauchfahne, die sich zur Decke zog. Dea schnarchte. Irgendwann blickte ich auf die Küchenuhr. Es war lang nach Mitternacht. Der Nebel vor dem Fenster war verschwunden. Ich sah schwach blinkende Sterne und die dünne Sichel des Neumondes im Nachtblau über den Baumwipfeln.

»So«, schloss ich. »Das ist alles passiert.« Dann fügte ich noch an: »Ich glaube, mein Zahn fällt bald aus.«

Herr Gerber sah mich über den Rand der Brille hinweg an, müde, aber immer noch aufmerksam. »Uns wird etwas einfallen.« Er stand auf und räumte die Teetassen ab.

Frau Gerber steckte den Kopf zur Tür herein. »Ich schlage vor, du schläfst erst einmal in unserem Gästebett«, sagte sie. »Und morgen macht ihr einen Schlachtplan.«

Ich wusste nicht einmal, welchen Wochentag wir hatten. Alles war in Zeitlosigkeit gefallen, seit ich mit der Schule aufgehört hatte. Tage flossen in Wochen, die wiederum in Monate flossen. Abende in Nächte, die zu Tagen wurden. Ein wildes Kaleidoskop mit hellen und dunklen, funkelnden und matten Steinchen der vergangenen Erlebnisse. Es waren viele, und ich konnte sie nicht ordnen. Ich fühlte mich plötzlich wieder sehr schwach. Beugte mich hinunter und streichelte über Deas Rücken. Das half.

»Komm, ich zeige dir das Gästezimmer«, sagte Frau Gerber. Ich folgte ihr in den Flur.

Ein kleines Zimmerchen, mit Matratze und chaotisch vollgestopften Bücherregalen bis zur Decke. Eine hohe Stehlampe mit rotem Schirm.

Frau Gerber bezog umständlich das Bett. Das Leintuch war sauber und hatte mehrere Löcher. »Bitte sehr.«

Dea trabte hinein und rollte sich am Fußende zusammen. Ich runzelte die Stirn. Vielleicht fanden sie das unhygienisch. Ich selbst fand nichts an Dea unhygienisch, ich war schon jetzt so weit, dass ich mit ihr vom gleichen Teller essen, aus der gleichen Schüssel trinken würde. Es fühlte sich an, als wäre sie ein Teil von mir. Wovor sollte ich mich also ekeln, wenn nicht vor mir selbst?

»Darf –«, fing ich an.

»Ja klar darfst du.« Frau Gerber lächelte uns aufmunternd zu und schloss die Tür hinter sich.

Ich setzte mich auf die Matratze und spürte erst da, wie entsetzlich erschöpft ich war. Tonnenschwer. Ich fiel in einen tiefen Schlaf, die Hand in Deas Fell vergraben.

Ich träumte von Niko, wie wir Hand in Hand Hänsel und Gretel ähnlich in einem dunklen Wald umherirrten. Niko hatte ein gestohlenes Frühstückspaket bei sich, und ich streute, während wir gierig aßen, eine kleine Brotkrumenspur, die der Nebel sofort verschwinden ließ. Als er so dicht wurde, dass auch Niko verschwand, wachte ich schreiend auf.

Aus der Küche war schon Geschirrgeklapper zu hören, und Herr Gerber unterhielt sich lautstark mit seiner Frau. Ich lag noch eine Weile da, Deas Flanke an meinen Arm geschmiegt, bis mir endgültig klar wurde, dass der Albtraum fertig geträumt war.

»Ich habe ein paar Pläne gewälzt, während du geschlafen hast«, sagte Herr Gerber, während er Kaffee aufstellte. »Willst du Anzeige erstatten?«

»Ich?«

Dea setzte sich auf und lehnte sich an mein Bein.

»Gegen wen?«

»Gegen Niko. Und diesen ... wie hieß er noch mal ... Mike?«

»Mick. Ich weiß nicht, ob mir das weiterhilft.«

»Hm.« Er lehnte sich an den alten Herd und nippte an seiner Tasse. »Was, glaubst du denn, wäre für dich sinnvoll?«

Ich schwieg, die Hand auf Deas Kopf. Ich fand dennoch keine Worte, keine Lösung. Nur ein bisschen Ruhe.

Herr Gerber rührte mit dem Löffel in seiner Tasse herum, auf diese bedächtige Art, wie es alte feine Damen tun. »Deine Eltern machen sich bestimmt Sorgen.«

»Ich mache mir auch Sorgen um meine Eltern.« Ich dachte an unser Haus, den Garten, die Stimmung dort. Großvaters Villa, die über uns hing wie ein alter Fluch. »Aber ich kann dahin nicht zurück.«

»Weißt du was? Wir sollten vielleicht ein Gespräch mit deinen Eltern suchen.«

Während er sprach, vibrierte mein Handy. Ich verzog mich damit aufs Klo, sicherheitshalber. Atmete einmal tief durch, bevor ich auf das Display sah.

NIKO: He, was machst du? Du fehlst mir.

Ich fehlte ihm. Ein warmes Gefühl durchströmte mich. Vielleicht hatte ich doch überreagiert? Hätte mehr Verständnis haben müssen? Immerhin steckte er meinetwegen in einer schwierigen Situation ...

NIKO: Hast du was verraten?

Ich schluckte. Natürlich. Nur das interessierte ihn. Nicht ich. Ich drückte die Nachricht weg. Aber ich brachte es nicht übers Herz, seine Nummer zu blockieren. Noch nicht. Ich begann heftig zu zittern. Erst als Dea mir über die Handfläche schleckte, wurde ich etwas ruhiger.

»Alles in Ordnung?«, Frau Gerber sah mich besorgt an.

Ich atmete tief ein und nickte.

»Ich weiß, es geht mich nichts an, aber war das Niko?«, erkundigte sich Herr Gerber.

Ich sah zu Boden.

»Lass dich nicht von Dingen abbringen, die dir richtig scheinen.«

Als ob er die Nachrichten gelesen hätte, dachte ich mir. Ich nickte. Worte hatte ich noch keine gefunden, die mir passend erschienen wären. Ich fühlte mich wie ein Häufchen Elend. Wie ein passives Häufchen Elend. Wobei die vermutlich selten aktiv sind.

»Gut.« Energischen Schrittes verließ Herr Gerber die Küche in Richtung Wohnzimmer. »Ich vereinbare jetzt einen Termin beim Arzt. Und wenn ich fertig bin, meldest du dich bei deinen Eltern. Einverstanden?«

Mein Herz setzte kurz aus. »Und was ist mit der Schule? Darf ich überhaupt noch zurück? Was ist mit dem Handytypen, der im Krankenhaus liegt?«

»Darum kümmern wir uns später. Ein Schritt nach dem anderen. Zuerst einmal bist du an der Reihe. Gott hat die Welt auch nicht an einem Tag erschaffen.«

»Aber –« Mich quälte die Vorstellung, der Mann könnte sterben, bevor ich ihn entlasten konnte. Und ich wäre dann für immer schuldig.

»Erstens: Der Mann ist auch kein Unschuldslamm. Sonst hätte er dir das Handy einfach zurückgegeben. Zweitens: Was lernt man im Flugzeug als Vorbereitung für Notfälle?«

Ich sah ihn verständnislos an. Waren jetzt alle verrückt geworden?!

Herr Gerber lächelte. »Man lernt, dass man sich zuerst die Sauerstoffmaske selbst aufsetzt, bevor man anderen hilft.«

Das leuchtete ein. Ich seufzte. Mit sehr viel Glück, mit wirklich sehr viel Glück könnte sich ja doch noch etwas fügen in meinem Leben. Wow.

Herr Gerber sprach eindringlich mit jemandem am anderen Ende der Leitung. Offenbar wollte derjenige ihn abwimmeln. Er bestand auf einem Termin. »Ein Notfall, hören Sie«, er sprach leise, aber deutlich. »Ein Notfall. Das kann nicht warten. Sie müssen doch Termine für Notfälle haben. Oder?«

Die Person am anderen Ende gab sich geschlagen. Herr Gerber notierte sich etwas und bedankte sich.

Ich ging von Dea begleitet zum Fenster, sah in den sonnigen Tag hinaus. Meine Augen waren lichtempfindlich und schmerzten. Ich lehnte mich mit der Stirn an die Fensterscheibe. Der Baum vor dem Fenster blühte. Schöne, klare Farben. Keine Spur von Nebel. Niko fehlte mir einen Augenblick lang so schneidend, wie ein Messer in Haut sticht. Ich verdrängte sein Gesicht vor meinem inneren Auge. Auch das tat weh. Draußen fuhren Autos.

»Heute ist es gar nicht neblig«, murmelte ich.

Herr Gerber hörte mich trotzdem. »Natürlich nicht«, sagte er etwas verwundert. »Warum sollte es auch.«

* * *

Ich greife nach der nächsten Scherbe: ein breites, kurzes Stück glänzendes Glas. Ja, ganz bestimmt hat das Ende so begonnen. Nein. Genau genommen war da das Ende schon weit fortgeschritten. Wir sind fast da. Fast angekommen.

22. SPIEGELSCHERBE

RAUS AUS DEM LABYRINTH

»Können Sie sich an den Tatvorgang genau erinnern?«

Diese Frage hatte ich in fast gleichem Wortlaut schon beim Arzt gehört, der mir mit dünnen Lichtstrahlen in die schmerzenden Augen geleuchtet und meine Ausrede mit einem missbilligenden Blick beantwortet hatte. »Gegen den Kleiderschrank gelaufen. Sind Sie sicher?«, hatte er noch hinterhergeschoben, aber er schien so unnahbar, dass ich es nicht wagte, meine Angaben zu ändern. Ich war überrascht, dass er keine Einwände gegen Dea hatte, die mir einfach ins Behandlungszimmer gefolgt war, obwohl draußen ein Schild von einem Hundeverbot kündete. Wir verließen seine Praxis mit gemischten Gefühlen und dem Verdacht auf Gehirnerschütterung.

»Hören Sie mir überhaupt zu?!« Die Stimme der Polizistin brachte mich wieder in die Gegenwart zurück. Sie sah mich sehr streng an. Misstrauisch kam mir das vor.

»Können Sie sich nun erinnern oder nicht?«

»Ich … nein, nicht zu hundert Prozent.«

»Schildern Sie mir, was passiert ist.«

»Mein Handy war weg, und –«

»Gestohlen?«

»Ja, vermutlich –«

»Und dann hatte es der Beschuldigte?«

»Ja.«

»Also gestohlen.«

»Es könnte mir auch aus der Tasche gefallen sein …«

»So kommen wir nicht weiter.« Die Beamtin legte die Papiere beiseite, die sie auszufüllen begonnen hatte. »Wollen Sie jetzt helfen aufzuklären, oder nicht?«

»Sie hat eine Gehirnerschütterung«, warf Herr Gerber ein. »Sie kann sich nicht gut erinnern.«

»Rede ich nun mit der Betroffenen oder mit Ihnen? Wer will hier eine Anzeige machen?«

Ich zwang mich, ihr in die Augen zu sehen. Zumindest kurz. »Ich wollte nur sagen, dass der beschuldigte Mann niemanden absichtlich gestoßen hat!«

»Und wie sind dann er und eine Passantin im Gleisbett gelandet?«

»Das war er nicht. Das waren andere. Die ihm das Handy wieder abnehmen wollten. Ein Handgemenge ist eskaliert.«

»Können Sie mir Namen nennen?«

Ich dachte an Niko. An seine Nachricht. Ich wollte ihm nicht schaden, trotz allem. »Ich … nein. Ich kannte die nicht.«

»Sie kannten die nicht, und trotzdem wollten die Ihnen das Handy wiederbeschaffen? Bitte.« Die Polizistin legte die Papiere in eine Schublade. »Wenn Sie mich veräppeln wollen, kann ich auch ganz anders.«

Sie war nicht viel älter als ich. Aber um Welten erwachsener.

Meine Finger suchten Deas Kopf. Eine Berührung beruhigte mich immer.

»Kommen Sie wieder, wenn Sie sich überlegt haben, was Sie angeben wollen.«

»Ich komme wieder«, flüsterte ich. »Ich kläre das auf. Versprochen.«

»Wir laufen Ihnen nicht weg.« Sie öffnete uns die Tür.

Draußen brach ich in Tränen aus. »Ich kann Mick und Niko nicht ans Messer liefern«, schluchzte ich. »Wie komme ich da bloß wieder raus?«

Herr Gerber seufzte. »Das weiß ich nicht. Das ist allein deine Entscheidung, Alice.«

Ich kann nichts dafür, dass es so gekommen ist, wollte ich sagen, aber ich bekam die Worte nicht über meine Lippen. Denn natürlich war ich mit verantwortlich für das, was geschehen war. »Niko und Mick wollten das nicht.«

Dea rammte den Kopf in meine Wade.

»Nein. Aber es ist trotzdem passiert. Und dazu sollte man eigentlich stehen, meinst du nicht? Verantwortung übernehmen.«

»Die Erwachsenen übernehmen ja auch keine Verantwortung.« Ich wurde plötzlich kleinkindhaft trotzig. Dachte an meine Eltern, an meinen Großvater. An all diese Lügen, Halbwahrheiten, Täuschungsmanöver, die ihr Leben ausmachten. Da regte sich auch keiner auf. »Warum sollte ich es besser können als die?«

Herr Gerber sah mich gutmütig an und lächelte. »Weil du es besser machen willst als sie. Glaube ich. Wenn mich nicht alles täuscht.«

Ich schwieg. Die Worte hatten gesessen. Ja. Natürlich wollte ich es besser machen. »Ich muss nachdenken«, sagte ich.

Ich fühlte mich erschlagen. Am Nachmittag fiel ich ins Bett und hatte einen wirren Traum. Dea tauchte beständig darin auf, mal jagten wir zusammen andere, mal wurden wir gejagt. Jedenfalls kamen wir nicht zur Ruhe. Und ganz zum Schluss verlor ich sie aus den Augen. Das Gefühl dazu war schrecklich. Ich erwachte mit einem Schrei und tastete verzweifelt nach ihr. Dea hob den Kopf und leckte meine Hand ab. Ich umarmte sie und legte meinen Kopf zu ihrem. »Du darfst mich nie verlassen.«

Sie sah mich erneut mit diesem Blick an. Und wieder spürte ich diese Vertrautheit irgendwo in meinem Bewusstsein. Ich sank in das Kissen zurück.

Der Geschmack zähflüssiger Milch plötzlich auf meiner Zunge. Ich ließ mich in diese Erinnerung fallen wie in ein schwarzes Loch. Da weiß man auch nicht, wo und ob man wieder rauskommt. Egal.

Dieser Geschmack von warmer Süße mischte sich mit Schatten, die das Licht über mir durchbrachen. Stimmen. Bewegungen. Alles weiß. Es roch streng. Nach Alkohol. Oder Medizin. Jemand weinte. Jemand weinte ganz erbärmlich. Eine große Hand, die durch gleißend helles Licht nach mir griff. Ein Stillstand zwischen Schatten und Stimmen. Weit weg, viel weiter weg als die erste Erinnerung. Ich löste mich auf. Ich zerfaserte zu Nebelschleiern. Bis Dea kam. Aus dem Nichts. Aus dem Nebel. Die Bilderflut ebbte ab. Ihre ruhige Wärme an meinem Körper. Hüllte mich ein und trug mich dahin. Der Bildstrom verebbte so unerwartet, wie er gekommen war.

Ich spürte wieder die Bettkante unter mir, meine Füße am kühlen Parkett. Ich griff Dea mit beiden Händen hinter die Ohren.

»Warum warst du da, Dea?«, flüsterte ich. »Wo war das?«

Sie schloss nur die Augen und legte ihre Schnauze sanft auf meinen Handrücken.

»Du wirst mir wohl nichts verraten, oder?« Jetzt war ich ganz wach.

Ich holte mir Papier und Stift von Herrn Gerbers Arbeitstisch und machte mir Notizen. Nichts von diesen Erinnerungen ergab Sinn. Ich hatte ein wenig Angst, wieder einzuschlafen, Angst vor den Träumen, die noch kommen könnten.

»Ich geh noch eine Runde«, teilte ich Herrn Gerber mit.

Dea und ich trotteten die Gasse hinunter. An einer Grünfläche vorbei. Kleine kreischende Kinder. Eine Frau mit Kinderwagen. Gelächter. Alle so verdammt unbeschwert.

Und ich musste mich zu irgendeiner Entscheidung durchringen, was ich nun tun wollte – mit dem Unfall in der S-Bahn, mit mir und Niko, mit meinem ganzen entgleisten Leben.

Die Gerbers lebten am Stadtrand. Nach dem letzten Häuserblock begannen Felder, durch die ein sandiger Weg führte. Bald würden sie zugebaut werden, eine große Reklametafel, die die neuen Wohnungen anpries, zeugte davon. Ich watete im hüfthohen Gras. Grillenzirpen. Die Sonne sank langsam hinter die Dächer der Stadt. Der Himmel verfärbte sich rosa. Alles sah wundervoll aus, aber es erreichte mich nicht. Dea raschelte zwischen den Grashalmen, lief vor und kam dann wieder zu mir zurück, ihre Augen glühten gelb zwischen dem Raps. Fotoschön.

Ich setzte mich an den Feldrand.

Wenn ich nicht die Wahrheit sagte, dann würde die Lüge weiterleben. Und vor allem: Einer würde die Schuld tragen, ohne schuld zu sein. Aber was war mit Mick? Und vor allem: Was war mit Niko? Was würde mit ihm passieren, wenn ich die Wahrheit sagte? Andererseits: Was würde passieren, wenn ich ihn einfach weitermachen ließ? Mein Leben hatte bisher etwas von einem Papierschiffchen in einem Fluss, das einfach dorthin trieb, wohin die Strömung es trug. Wollte ich ein Papierschiffchen in fremden Gezeiten bleiben?

Ich watete einige Schritte ins Feld hinein und streckte mich im Gras aus. Über mir kreisten Schwalben. Es wurde bald dunkel. Könnte ich in Zukunft einfach so in den Himmel schauen, in dem Gefühl, schuldfrei zu sein?

Nein.

Die Sonne fiel hinter den Horizont, der Himmel lief blutrot an wie eine Wunde.

Ich stand auf. Ich wählte. Ich nannte meinen Namen. Jetzt gab es kein Zurück mehr. »Kann ich für eine Aussage vorbeikommen? Ich kann mich jetzt gut an alles erinnern.«

»Klar. Kommen Sie«, sagte die Beamtin.

Als ich zurückkehrte, waren die Gerbers längst zu Bett gegangen. Ich setzte mich in die Küche, trank Kaffee mitten in der Nacht und begann die Vorbereitungen für die nächsten Tage. Ich schickte Niko eine Nachricht. Ich schickte meinen Eltern eine Nachricht. Ich stellte ein Ultimatum. Was jetzt kam, das musste sein. Keine Ausflüchte mehr. Ich schrieb auf, was mir durch den Kopf ging. Machte Pläne. Es musste noch so viel erledigt werden, und ich hatte so wenig Zeit dafür. Und ich schrieb einen Brief an Herrn Gerber, in dem ich ihm ausführlich für seine Hilfe dankte. Ohne ihn hätte diese ganze Geschichte ein völlig anderes Ende nehmen können.

Gegen vier Uhr früh hustete Herr Gerber und nuschelte aus seinem Schlafzimmer: »Du bist noch immer wach? Brauchst du was?«

»Nein, danke, jetzt brauch ich nichts mehr.« Ich war ganz erleichtert, dass es stimmte. Ich hatte mich entschieden. Und ich brauchte nicht mehr als diese Entscheidung.

* * *

Es sind nicht mehr so viele Scherbenstücke übrig. Nur noch ein paar. Dann ist der Spiegel wieder komplett, und ich werde mein Gesicht in der von Sprüngen überzogenen Fläche erkennen. Und vielleicht ist diese Summe der einzelnen Teile mehr als die Geschichte, die bald zu Ende ist. Vielleicht.

23. Spiegelscherbe

REINER TISCH – TABULA RASA

Ich öffnete das Gartentor mit meinem Schlüssel. Nach all der Zeit war er vermutlich das Einzige, das noch hierher passte und Teil von meinem alten Ich war. Die Beete waren wie immer gepflegt. Der Garten versank in Blumen. Welkenden und aufblühenden Blumen. In den Fenstern brannte kein Licht. Kurz verspürte ich eine völlig irrationale Angst, dass meine Eltern nicht da waren. Ausgezogen. Oder in den Urlaub gefahren. Mich vergessen hatten. Ich holte tief Luft. Ich hatte mit ihnen telefoniert, wir hatten uns versichert, dass wir uns sehen wollten, miteinander reden.

Dea trat aus den Büschen hervor. Kam mir entgegen. Wie lange sie wohl hier auf mich gewartet hatte? Geduldig und still und unbeweglich wie eine Sphinx. Drückte ihren schmalen Kopf beruhigend gegen meine Handfläche. Sah mich an, ernst und konzentriert. Trottete einige Schritte vor. Drehte sich um. Ich stand noch immer an der gleichen Stelle. Dea wandte noch einmal den Kopf zu mir. Mit einem Blick, der sagte: Es ist Zeit. Und noch etwas lag darin. Vielleicht ein Bedauern. Vielleicht irrte ich mich aber auch. Ich ließ die Klinke los. Ging zum Haus.

Die Tür fiel hinter mir zu. Im Vorzimmer war es dunkel.

»Hallo?«, rief ich ins Haus hinein.

»Alice? Alice!« Meine Mutter stürmte die Treppe hinunter, mit wehendem Blusenkleid und wehendem Haar. Warf die Arme um mich, schloss mich ein in eine Wolke aus Parfüm und Wärme.

Daran könnte ich mich gewöhnen, dachte ich, mit einem Seitenblick auf Dea, die sich neben die Regenschirme gesetzt hatte und mich zufrieden mit katzenartig verengten Augen ansah.

Es entstand eine etwas peinliche Stille. Dea gähnte herzhaft mit einem jaulenden Ton und legte sich vor die Tür. Ich wartete darauf, dass meine Mutter etwas daran auszusetzen fand, dass ein haariges Tier sich mitten in ihrer blitzblanken Villa breitmachte, aber sie sagte nichts.

Ich zupfte nervös an mir herum. »Wir müssen reden, Mama.«

»Ja. Das müssen wir. Papa kommt später. Ich wollte gern zuerst mit dir alleine sprechen. Komm …«

Ich drehte mich nach Dea um, die entspannt döste und keinerlei Anstalten machte mitzukommen.

Ich folgte meiner Mutter ins Wohnzimmer. Ein großer Blumenstrauß flutete den Holztisch. Alles war so schön und ästhetisch durchdacht wie immer. Ich hatte diese Schönheit nicht vermisst. Aber meine Mutter hatte ich schon vermisst. Und auch meinen Vater.

»Ich hab schon mit Papa gesprochen, wie du mich gebeten hast.« Sie war sehr nervös, ein Augenlid zuckte ein bisschen. »Es wirft unser ganzes Leben um, wenn wir tun, was du verlangst. Das ist dir schon klar, oder?«

»Aber wenn alles so bleibt, wie es ist, ist das gar kein echtes Leben, Mama. Großvater lässt uns hier niemals in Ruhe.«

»Papa verspricht, dass er es versucht.«

»Und weißt du, warum wir das versuchen müssen, Mama? Weil ich möchte, dass wir glücklicher sind als bisher.«

Eine Träne löste sich unter ihren Wimpern. Sie nickte, wischte sie weg.

Ich griff nach ihrer Hand. Und fiel in den nächsten Strudel der einsetzenden Erinnerungen.

Ich hatte mich an ihrer Hand festgeklammert wie verrückt, als würde ich in einem reißenden Meer treiben, von wilden Wellen umhergeschleudert. Ich hatte mich an ihrer Hand festgehalten. Oder … nein … an ihrem Finger. Und wieder folgte der Erinnerung jener seltsame unangenehme Geruch. Alkohol. Oder Desinfektionsmittel. Mir wurde schwindlig.

»Mama«, stammelte ich. »Waren wir irgendwann in irgendeiner Ausnahmesituation? In einer ganz, ganz argen?«

Sie erstarrte. Sie wollte verneinen.

Aber ich hatte genug gesehen. Da war etwas in ihren Augen. Sie wusste, wovon ich sprach. Sie war nur nicht bereit, damit rauszurücken.

»Bitte, Mama. Sag mir die Wahrheit. Ich erinnere mich an etwas, aber ich kann es nicht einordnen. An Licht. Und Stimmen. Ich hielt mich an dir fest. Und jemand schrie. Was war da los, Mama?«

Sie schwieg.

»Bitte, du musst es mir erklären.«

»Du kannst das nicht wissen«, sagte sie schließlich, ihre Stimme stockend. »Das ist völlig … Das ist völlig unmöglich, Alice.«

Dea war still und leise zu uns gekommen und legte nun den Kopf an mein Bein. Meine Mutter ignorierte sie vollkommen.

»Erzähl mir doch, was du weißt«, bat ich.

Sie schüttelte den Kopf. Als ob sie mir nicht glauben oder sich nicht erinnern wollen würde. Vielleicht sogar beides.

»Ich weiß, dass etwas passiert ist«, insistierte ich. »Du warst dabei. Ich will reinen Tisch machen, Mama. Deswegen bin ich hier. Willst du das nicht auch?«

Sie holte tief Luft. Schloss die Augen. Griff nach meiner Hand. Nickte. »Du musst aber geduldig sein, Alice. Es wird eine längere Geschichte.« Und sie begann zu erzählen.

Ich setzte mich neben sie auf das Sofa. Je mehr sie sprach, desto näher rückte ich, bis ich irgendwann an sie gelehnt dasaß wie ein kleines Mädchen.

Vor meinem inneren Auge erschien meine Mutter als sehr junge Frau. Mit gewagtem Kurzhaarschnitt. Sportlich. Risikobereit. Eine aufstrebende Schauspielerin. Mutig und frech. Erst an kleinen Theatern, dann, nach mehreren Erfolgen, an richtig großen Häusern. Ihr erster Film. Bei der Premiere lernte sie einen jungen Mann kennen, der ihr als Sponsor des Festivals vorgestellt wurde. Sie kannte ihn aus diversen Zeitungen. Er hatte etwas Trauriges, Tiefsinniges an sich. Das gefiel ihr. Alle lagen ihr in den Ohren, wie wichtig er sei. Das gefiel ihr weniger.

Mein Vater.

»Es dauerte nicht lange, bis ich dahinterkam, woher diese Traurigkeit rührte.« Meine Mutter seufzte. »Aber ich hätte ihn nie im Stich gelassen. Mit meiner Karriere fing es gerade an, bergauf zu gehen. Ich glaubte daran. Ich glaubte, dass ich meine Träume mit ihm umsetzen würde. Dein Großvater ... hat das nicht gern gesehen. Er hat gedroht. Dass dein Vater ohne sein Geld nicht lebensfähig wäre. Dass er sich nie für mich entscheiden würde, wenn ich ihn vor die Wahl stellte: finanzielle Sicherheit oder unsere Beziehung. Ich ließ mich dadurch nicht verunsichern. Ich war schließlich selbst erfolgreich. Dann ... dann wurde ich schwanger. Das passte nicht ganz in meine beruflichen Pläne, aber ich hatte immer noch das Gefühl, alles im Griff zu haben. Ich würde kurz pausieren, dein Vater würde mir helfen, und ich wäre bald zurück.« Sie lachte auf, fassungslos über ihre eigene Naivität. Es ging mir durch Mark und Bein. »Ich hatte sogar schon den nächsten Vertrag unterzeichnet. Ich fühlte mich stark.« Sie hielt inne.

Ich machte die Augen auf. Und ich sah das erste Mal etwas anderes in ihr als einfach nur meine Mutter, die von teuren Möbeln umgeben ihre Rolle vor den Nachbarn spielte. Sie war mal jung gewesen. Laut. Eine ganz andere Person.

Das Weitererzählen fiel ihr nun wesentlich schwerer. Sie biss an ihren Nägeln. »Eines Abends waren wir drüben. Dein Großvater verlangte von mir, dass ich meine Karriere zurückschrauben sollte. Er konnte es schon damals nicht leiden, wenn ihm nicht alle ausgeliefert waren. Er mochte es nicht, keine Macht zu haben. Ich stand auf. Sagte ihm, dass es reichte. Sagte ihm, dass ich jetzt gehen und seinen Sohn mitnehmen würde. Es eskalierte.«

Ich konnte mir lebhaft vorstellen, wie es eskaliert war. Widerspruch bewirkte bei meinem Großvater dasselbe wie das Hinzugießen von Öl in ein Lagerfeuer.

»Und dann?«, fragte ich bange.

»Wir standen an der Treppe. Ich wollte nach unten gehen. Er schrie mich an wie von Sinnen. Ich sagte ihm, dass meine Entscheidung endgültig wäre. Er schlug nach mir. Noch nie hatte mich jemand geschlagen!« Hier hielt sie inne und schüttelte den Kopf, als ob sie noch immer fassungslos darüber wäre, was damals passiert war. Dabei ist seither noch so viel mehr passiert. »Dein Vater griff nicht ein.« Hier begann sie zu weinen. »Ich rannte nach Hause. Allein. Ich zweifelte. Sollte ich wirklich bei einem Mann bleiben, der nicht zu mir stand? Und dann bekam ich Wehen. Viel zu früh.«

Wir schwiegen.

»Du warst ein Frühchen, Alice. Ich sehe dich immer noch vor mir liegen. So winzig klein. In dem Glaskasten, mit all den Schläuchen. Ich wollte dich so gerne anfassen. Ich durfte nicht. Ich konnte nur meine Hand in einem Handschuh zu dir hineinstrecken. Du hast dich an meinen Finger geklammert. Ich wusste, solange du mich festhältst, so lange bist du am Leben. Du hattest einen kräftigen

Griff. Du lagst da drin, hinter spiegelndem Glas. Und ich stand draußen. Sie haben gesagt …« Sie putzte sich geräuschvoll die Nase. »Sie haben gesagt, dass es unwahrscheinlich sei, dass du durchkommst. Dein Großvater ließ die besten Ärzte einfliegen.«

Ich empfand nicht die geringste Dankbarkeit. Nur randlose Wut.

»Du wurdest in eine Privatklinik überstellt. Das schien die einzige Rettung. Er zahlte. Alles zahlte er. Ich hätte mir das niemals leisten können. Als Gegenleistung verlangte er, dass ich mich in die Familie einfügte. Dass ich mit deinem Vater zu ihm zog. Dass die Rebellion und die Fragen, dass das ein für alle Mal vorbei war. Ich hatte jeden einzelnen Tag Angst um dich, Alice.« Meine Mutter stand auf und holte sich ein Glas Wasser.

Dea kuschelte sich nah an mich. Das half.

»Danach wurde alles anders. Er ließ diese Villa für uns bauen. Und wir zogen hierher.«

Ich sah mich um, als ob ich dieses Haus zum ersten Mal in dieser Funktion wahrnehmen würde. Ein goldener Käfig. Eine Falle für meine Mutter. Damit sie kontrollierbar war, sich fügte und aufgab.

»Hast du denn nie daran gedacht, wieder anzufangen mit der Schauspielerei?«

Sie schüttelte erneut den Kopf. »Ich bin zu alt, um neu anzufangen, Alice.«

Ich umarmte sie. »Du bist meine Mama-Königin. Wenn ich neu anfangen kann, kannst du es auch.«

Sie lächelte schief.

Ich wusste, dass ich recht hatte. Absolut recht. Wir mussten alle neu anfangen, wenn wir aus diesem Leben rauswollten. Ich für meinen Teil wollte raus.

Wir saßen immer noch umarmt da, als mein Vater heimkam.

Er ließ seinen Aktenkoffer fallen. Die Papiere stoben im Vorzimmer umher wie Schneeflocken. Schwerelose Lügen. Er trat auf uns zu, umarmte uns. Wir standen zu dritt da, regungslos. Warm. Nah.

»Ich will, dass wir gehen«, sagte ich. Nach einer Ewigkeit. »Sonst geh ich. Allein.«

»Diesmal hältst du zu uns«, sagte meine Mutter zu meinem Vater.

Wir sprachen die halbe Nacht.

Mein Vater wirkte gefasst. Klarer, als ich ihn jemals erlebt hatte. Er hatte konkrete Pläne. Mein Vater hatte tatsächlich Pläne. Und er hatte sogar eigene Entscheidungen getroffen. Ich war fassungslos. Wieder so ein Steinchen, das, einmal in Bewegung, sich zu einer Lawine mit Folgen auswächst. Aber mit guten Folgen diesmal.

Danach wankte ich die Treppe hoch und betrat mein Kinderzimmer. Das Zimmer, das ich zuletzt betreten hatte, als Niko draußen auf mich gewartet und ich fieberhaft meine Sachen in den Rucksack geworfen hatte. Das Gefühl war vollkommen absurd. Als wäre ich aus Zeit und Raum gefallen. Und in einer Paralleldimension gelandet. Als wäre ich immer noch diese alte Alice, die sich nicht spürte, die nicht wusste, was die Geschichte dieses Hauses war, die niemanden über den Bahnsteigrand hatte fallen sehen, die noch nie einen Jungen geküsst hatte.

Ich ging zu meinem Bücherregal. Immer noch Kinderbücher mit Stofftieren dazwischen. Ich fuhr über die abgegriffenen Buchrücken. Ich öffnete den Schrank. Meine alten Kleider, liebevoll eins neben dem anderen auf Bügeln aufgehängt. Duftendes kleines Lavendelkissen im Regalfach. Alles ach so sauber.

Alles nicht mehr meine Welt.

Auf dem Schreibtisch lag der Mondstein, den Niko mir geschenkt hatte, zwischen meinen Schulsachen. Das versetzte mir einen Stich. Vermutlich war die Polizei längst bei Mick zu Hause gewesen. Ich hatte keine Ahnung, was das zur Folge gehabt hatte. Ich konnte jetzt nichts mehr tun. Alles, was ich vorgehabt hatte, hatte ich umgesetzt. Es war vollbracht.

Ich ging zum kleinen Spiegel an der Wand und blickte hinein. Mein Gesicht mit den Augenringen und einer immer noch leicht geschwollenen Lippe. Die grünen Haare von der Sonne gebleicht, wellig und verfilzt.

Der Blick neu. Wacher. Mutiger.

Das war eine andere Alice als die, die hier gelebt hatte. Das war aber auch eine andere Alice als die, die von hier weggelaufen war. Und auch eine andere als die, die den verrückten Sommer mit Niko erlebt hatte.

Ich setzte mich und band mir die Haare langsam zu einem Zopf, so wie früher, bis ich das gleichmäßige Kratzen von feinen Krallen auf dem Fußboden hörte.

Dea kam die Treppe hoch und schabte an der halb offenen Tür, bis sie weit genug aufgegangen war, um sie durchzulassen. Legte mir eine schmale zarte Pfote auf den Schenkel. Drückte ihren Kopf an mich. Ich warf einen Blick aus dem Fenster.

Draußen stieg wieder dieser seltsame Nebel auf.

Ich machte den Vorhang zu. Zog mir ein langes T-Shirt an und warf mich ohne zu duschen ins Bett. Mein Körper roch nach den Mühen dieses Tages. Dea schlüpfte unter die Bettdecke und drückte sich an mich. Auge in Auge. Ihr seidiges weiches Fell an meiner Haut. Ich schloss die Augen erst, als sie ihre geschlossen hatte.

Der Traum fing mich fast übergangslos.

Ich war wieder dort. In diesem grauen Raum. Ich war allein. Auf Jahrtausende allein. Von einer Seite kam ein Geruch nach Desinfektionsmitteln und Verzweiflung. Schatten und Echos von Stimmen. Von der anderen Seite nur dichter Nebel. Stille. Ruhe. Und in dieser unendlichen Einsamkeit, in diesem Schweben erschien aus dem Nebel der Körper eines grauen langbeinigen Hundes. Wir berührten uns. Wir schmolzen ineinander. Wärme. Ruhe. Ich hörte einen lang gezogenen Schrei eines Kleinkindes. Mein Schrei. Zwei Hände griffen nach mir und hoben mich hoch. Ich schwebte dem Gesicht meiner Mutter entgegen. Über mir tausend neue Sonnen der Krankenhausbeleuchtung.

Ich fuhr schreiend aus dem Bett.

Dea war ein Teil von mir. Der Teil, der sich an alles erinnerte. An alles. Dea war der älteste Teil von mir. Jener, der mich damals in diesen kritischen Tagen überleben ließ, mich ins Leben begleitet hatte. Ich wusste, was diese Erkenntnis bedeutete. Aber ich wollte es nicht wahrhaben. Ich griff verzweifelt neben mich.

Da lag kein Hundekörper mehr.

Ich rollte mich in meinem Bett zusammen und weinte bitterlich. Ich weinte um Dea. Ich weinte um Niko. Ich weinte um all die Dinge, die man mir verschwiegen hatte. Ich weinte, bis ich dachte, dass ich weggeschwemmt würde wie Alice im Wunderland in ihrem Tränensee. Mit den Tränen löste sich jede Bitternis auf. Ich war nicht mehr böse.

Ich war nur fürchterlich traurig.

Ich erwachte ohne das gewohnte warme Gewicht an meinen Füßen. Es fühlte sich unglaublich leer an. Ich würde mich daran gewöhnen müssen. Aber ich wollte nicht. Wollte es nicht wahrhaben, dass Dea nur aus mir und nur für mich existiert hatte, für niemanden sonst. Ich hatte sie mit niemandem geteilt, niemand wusste von ihr, niemand würde je von ihr erfahren.

Ich stand auf. Taumelte ins Bad. Und warf mir kaltes Wasser ins Gesicht. Mein Spiegelbild überzogen mit Wassertropfen. Sie funkelten in dem Sonnenstrahl, der durch das Fenster fiel. Ich sah genauer hin. Meine Augenfarbe schien verändert. Weniger blau. Ein Streifen Nebelgrau darin, ein paar goldene Sprenkel. Deas Augen. Wir waren wieder eins.

Ich stolperte in mein Zimmer zurück und griff nach meiner Hose. Ein zusammengeknülltes Papierstück fiel heraus. Ich hob es hoch und entfaltete es. Herrn Gerbers Visitenkarte. Die er mir vor Ewigkeiten zugesteckt hatte. Damals. In einem anderen Leben.

* * *

Es liegt nur noch ein ganz schmaler Splitter auf dem Asphalt, der noch fehlt. Ich hebe ihn auf. Vorsichtig. In ihm blitzt der Umriss eines Autos auf. Kisten. Koffer. Das ist frisch. Noch gar nicht so lange her.

LETZTE SPIEGELSCHERBE

IM WENDEKREIS DES HUNDES

Meine Mutter rollte den letzten großen Koffer aus dem Haus. Ich schloss im oberen Stock alle Fenster. Warf noch einmal einen Blick in den Garten. Hier hatte ich Niko das erste Mal geküsst. Hier hatte Dea das letzte Mal auf mich gewartet. Der Gedanke an beide schmerzte immer noch. Aber ich war bereit, das alles hinter mir zu lassen. Die Erinnerungen. Die Sorgen. Tschüss, Magnolienbaum. Diesmal auf Nimmerwiedersehen.

Ich ging die Treppe hinunter und zählte jeden Schritt. Und jeder Schritt war ein Wendepunkt auf meinem Lebensweg. Das ist für Großvaters Wutanfälle, dachte ich und trat auf die nächste Stufe, und das für Niko. Das für Herrn Gerber. Und das für meinen Klassenlehrer, der nicht mehr mein Klassenlehrer war, aber dafür gekämpft hatte, dass ich an der Schule bleiben konnte. Das ist für Dea und ihre Hilfe. Und das für den Mut meiner Mutter. Das für meinen Vater, der vor lauter Sorge um mich gelernt hat, Nein zu sagen, und das erste Mal in seinem Leben Verantwortung übernimmt. Jeder Schritt war auch ein Abhaken, ein Bestätigen meiner Entscheidung. Jeder Schritt tat ein bisschen weh und machte mich gleichzeitig zuversichtlich. Dann der letzte Schritt. Tür zu.

Ich ließ den Schlüssel stecken.

Sobald ich im Garten stand, war das fürchterliche Gebrüll aus der Villa meines Großvaters deutlich zu hören. Das Fenster zu seinem Arbeitszimmer stand weit offen.

»Oh no, not me, I never lost control«, summte ich.

Vermutlich versteckten sich die Nachbarn an ihren Fenstern hinter zugezogenen Gardinen und staunten über das unerwartete Schauspiel. Die Möbelpacker hievten die letzten Umzugskartons in den Lastwagen, der vor unserem Haus parkte. Mein Vater verstaute unsere Taschen im Kofferraum. Das Geschrei meines Großvaters brachte seine Mundwinkel zum Zucken. Aber er blickte nicht zurück. Schloss den Kofferraumdeckel.

»Alles fertig im Haus«, sagte ich und schulterte meinen Rucksack.

»Fein«, sagte er, seufzte und setzte sich hinter das Steuer.

Ich nahm auf dem Rücksitz Platz. Meine Mutter fuhr die Fensterscheibe hoch. Großvaters Schreie drangen nur noch gedämpft zu uns. Wir sahen uns an. Mein Vater gab Gas. Der Wagen fuhr die Straße entlang.

Im Rückspiegel erhaschte ich einen kurzen Blick auf eine Gestalt im Rollstuhl, die in ohnmächtiger Wut die Fäuste schüttelte, als könnte sie uns Blitze hinterherwerfen wie ein altertümlicher zorniger Gott.

* * *

Ich füge diese eine letzte Spiegelscherbe zu den anderen. Der Spiegel ist wieder komplett. So ist es gewesen.

Genau so. Ein Stück hatte sich zum anderen gefügt.

In der von Sprüngen überzogenen Fläche sehe ich mich. Meine grauen Augen mit Deas Sprenkeln darin.

Und dahinter Niko.

EPILOG

»Es tut mir alles so leid«, flüstert Niko. »Es hätte so anders sein können.«

»Wohnst du wieder bei deinen Eltern?«, frage ich, weil ich wissen will, wie es ihm ergangen ist.

Er schüttelt den Kopf. »Ich gehe nach Thailand.«

Ich schweige. Fühle so etwas wie Scham. Warum ließ sich mein Leben halbwegs wieder einrenken, während sich bei ihm alles im freien Fall befindet?

Das ist nicht fair.

»Meine Eltern haben sich scheiden lassen. Ich fahre zu meinem Vater.«

»Was ist mit der Schule?«, frage ich.

»Ist doch egal. Braucht sowieso keiner.« Er grinst wieder, schief, verwegen. Er hat eine Zahnlücke.

»Willst du nicht mal mit Herrn Gerber reden?«

Er schüttelt den Kopf. Irgendwo in seinem Blick suche und finde ich einen schmalen Streifen Bedauern.

Ich reiße ein Blatt von meinem Notizblock ab. Ich schreibe.

»Deine Telefonnummer?«, fragt er. Halb spöttisch. Halb hoffnungsvoll.

»Die von Herrn Gerber«, antworte ich.

DANKSAGUNG

Meine deutlich gefühlte Dankbarkeit geht an meine Lektorin Ruth Nikolay, die mein angeborenes Chaos konstruktiv ertrug, Diana Kiendl-Samarovski, die mir aufgegeigt hat, an die geheimnisvolle Miss N., an meinen bis jetzt jüngsten und sehr geschätzten Kritiker Jonathan und an Katy Derbyshire für ihren Adlerblick. Und Martin, trotz oder deswegen.

Eine bewegende und Mut machende Geschichte, authentisch erzählt aus der Perspektive eines jungen Flüchtlingsmädchens.

Wo Madina herkommt? Das ist egal. Sie kommt von überall und nirgendwo. Sie musste fliehen. Und ist nun endlich angekommen, in einem Land, das Sicherheit verspricht. Doch nicht allen in ihrer Familie fällt es leicht, Fuß zu fassen. Und so ist es an Madina, tätig zu werden. Mittlerin zu sein zwischen ihrer Familie im Flüchtlingsheim und dem unbekannten Leben außerhalb. Zerrissen zwischen ihren Eltern, die sie nicht loslassen wollen, und dem Wunsch, ein ganz normaler Teenager zu sein, nimmt Madina das Schicksal ihrer Familie in die Hand. Und findet in Laura eine Freundin, die für sie in der Fremde Heimat bedeutet.

»Ungeschönt und kraftvoll schreibt Julya Rabinowich eine Flucht-Geschichte vom Ankommen – und ein Buch gegen den Krieg.« *Katrin Hörnlein, Die Zeit*

»Ein beeindruckender Roman, der eindringlich die Zerrissenheit der Kinder und Jugendlichen beleuchtet, die zwischen zwei Kulturen hin- und hergerissen sind und eine neue Heimat finden müssen.« *Ute Wegmann, Deutschlandfunk*

»Rabinowich gibt ihrer jungen Heldin eine starke und zugleich poetische Stimme. Eine Heldin wie Madina hat im Kanon der Migrationserzählungen noch gefehlt.«
Esther Willbrandt, Radio Bremen

Julya Rabinowich
Dazwischen: Ich
256 Seiten. Klappenbroschur
Auch als E-Book lieferbar